信不信由你！

一週開口
說俄語

吳佳靜　著

Здравствуйте!
您好！

　　歡迎加入俄語學習行列！俄語在國際上占有重要地位，它不僅是俄羅斯民族的語言、俄羅斯聯邦官方用語，也是獨立國協工作用語，聯合國六種官方語言之一。現今通行俄語的地區包括俄羅斯、中亞、高加索地區、波羅的海沿岸、東歐、北歐等地。想學好俄語，除了需要勤加練習，還需瞭解俄羅斯民族性格、認識俄羅斯大地的豐富樣貌，這樣皆有助於掌握所學語言。

　　如果您從未學過俄語，想瞭解俄語基本知識、想用最輕鬆簡單的生活對話與俄羅斯人聊天，本書將會是您的最佳選擇。七天的課程中，從字母、單詞、招呼寒暄用語、到生活情境中的句型表達，結合基本語法知識，讓您邊聽邊説，並且馬上驗收，立即掌握俄語學習重點。

　　另外，學語言與認識文化密不可分，想要學好俄語，當然得對俄羅斯國情與文化有基本認識。説起俄羅斯，您最先想到什麼呢？托爾斯泰、杜斯妥也夫斯基、柴可夫斯基、天鵝湖、大黃蜂的飛行、洋蔥頭教堂、俄羅斯娃娃、魚子醬、伏特加、冷冷冷，還是體型壯碩、勇猛剽悍，手持 AK-47 步槍的「戰鬥民族」呢？雖然俄羅斯與臺灣距離遙遠，搭乘飛機到莫斯科最快需要 13 小時，然而北國獨特魅力，實在叫人難以忘懷，值得細細品味。本書每天課後的文化分享，將帶領您從不同角度認識俄羅斯的多元文化面貌。

這次非常高興與俄羅斯朋友宋文杰（Nataliia Sorokovskaya）與葉甫（Evgenii Iastrubinskii）合作，感謝他們給予本書的寶貴建議，以及愉快難忘的午後錄音時光。請聽著本書的MP3，跟著他們熱情活潑、優美道地的聲音，同時感受俄語各種聲調，並享受俄語語音之美。

　　學習使用任何工具直到熟練掌握，都是一段精彩有趣、挑戰自我的漫長旅程，俄語也不例外。本書為您開啟俄語學習之門，並引領您認識俄語學習旅程中主要景點，只要有耐心，按部就班、循序漸進，一點也不難，您一定能掌握這個美麗又奇妙的語言！

　　最後，在教與學的生涯中，非常慶幸有師長與同學們的帶領與陪伴。誠摯感謝政治大學斯拉夫語文學系教授們的細心指導。特別感謝瑞蘭國際出版同仁們，在漫長等稿、修稿與校稿過程中，總是默默等待與付出，再次感謝！

吳佳靜

2019・臺北

如何使用本書

第一天、第二天

俄語入門暖身，
先從學習 33 個俄語字母開始！

字母念法與發音

從「字母念法」開始認識字母，也別
錯過了「發音筆記」、「小叮嚀」，
教你掌握俄語發音規則。

字母相關單詞

列出與該字母相關的單詞，練習該字
母發音之餘，還能順便記憶單詞，一
舉兩得，學習不無聊！

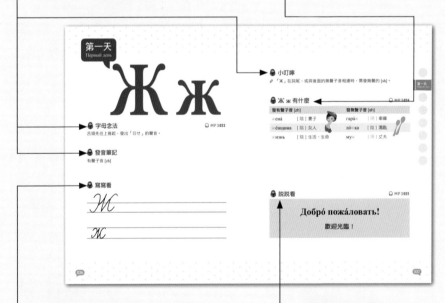

俄語字母習寫

練習看看俄語字母的書寫體吧！一邊
聽音檔，一邊習寫，記憶俄語字母保
證超容易！

相關實用短句

除了單詞練習外，還有相關的實用小
短句，就算是剛開始學字母，也能享
受實際運用的樂趣。

第三天、第四天

生活中一定會用到的單詞，
在第三天、第四天裡一次學會！

主題單詞

以家庭成員、文具、食物、飲料……
等主題分門別類單詞，相同主題一次
學習，更能加深記憶。

情境對話

簡單卻實用的情境對話，讓你模擬實
際運用的情形，還可以自由替換左頁
的主題單詞來做練習。

第三天
Третий день

1. Семья́ 家庭成員

主題單詞

請聽 MP3，並跟著一起念。　　　　　　　MP3 103

дéдушка	[陽] 爺爺
бáбушка	[陰] 奶奶
отéц	[陽] 父親
мать	[陰] 母親
пáпа	[陽] 爸爸
мáма	[陰] 媽媽
дя́дя	[陽] 伯伯、叔叔、舅舅
тётя	[陰] 嬸嬸、阿姨、舅媽
брат	[陽] 哥哥、弟弟
сестрá	[陰] 姊姊、妹妹
муж	[陽] 丈夫
женá	[陰] 妻子
сын	[陽] 兒子
дочь	[陰] 女兒
внук	[陽] 孫子
внýчка	[陰] 孫女
ребёнок	[陽] 小孩、兒童
мáльчик	[陽] 男孩
дéвушка	[陰] 女孩
родúтели	[複] 父母

情境對話

請聽 MP3，並跟著一起念。　　　　　　　MP3 104

- Кто э́то? 　　　　　　　還是誰？
- Это пáпа. 　　　　　　　還是爸爸。
- Кто э́то? 　　　　　　　還是誰？
- Это мáма. 　　　　　　　還是媽媽。

小叮嚀

- 在俄語裡在時句子中，省略如同中文的「是」或英文的 be 動詞，直接在 Это（這）後面加上名詞或詞組。
- 在帶疑問詞的問句中，語調需在疑問詞的重音處下降，例如 Кто э́то?（這是誰了）。
- 在直述句中，語調需在句子最後一個詞的重音處下降，例如 Это пáпа.（這是爸爸。）。

小試身手

請按照提示寫出單詞。

1. м___льч___к　　　　　　4. д___в___шк___
2. ___т___ц　　　　　　　　5. р___д___т___л___
3. с___стр___

小叮嚀別錯過

作者根據豐富教學經驗所寫的小叮
嚀，幫助你在學習上、運用上增進對
俄語的理解、避免常見錯誤。

小試身手

程度增加後，每個小主題皆設計了小
測驗，讓你能隨時檢視學習效果、調
整學習節奏。

第五天～第七天

學完了字母、基礎單詞後，接下來的三天，就能學習簡單的應對進退及自我介紹了！

今日對話暖暖身

對於進階的學習內容感到害怕嗎？第六天、第七天先讀讀看容易的小對話暖暖身，熟悉當天要學習的主題吧！

標準俄語朗讀 MP3

特聘俄籍人士親錄的標準俄語朗讀 MP3，跟著最標準的俄語發音，聽力、口說最容易上手。

第六天
Шестой день

今日對話

維克多與塔季婭娜初次見面，請聽 MP3，瞭解他們如何介紹自己。 🎧 MP3148

Виктор:	Здравствуйте!
Татьяна:	Здравствуйте!
Виктор:	Давайте познакомимся. Меня зовут Виктор. Как Вас зовут?
Татьяна:	Меня зовут Татьяна.
Виктор:	Очень приятно. Татьяна, кто Вы?
Татьяна:	Я врач. А Вы?
Виктор:	Я инженер. Вы американка?
Татьяна:	Да, я американка. Мой родной город Чикаго.
Виктор:	А мой родной город Москва.
Татьяна:	Москва – большой и красивый город.

情境對話

運用三段簡短的對話，來練習正式場合、朋友間等各式情境裡的不同句型，讓你用俄語應對進退不失禮。

第六天
Шестой день

1. Меня зовут Николай.
我叫尼古拉。

▶ 情境對話

請聽 MP3，並跟著一起念。

1. 🎧 MP3149

- Как Вас зовут?   您叫什麼名字？
- Меня зовут Николай.   我叫尼古拉。

2. 🎧 MP3150

- Тебя зовут Саша?   你叫薩沙嗎？
- Нет, меня зовут Дима.   不是，我叫季瑪。

3. 🎧 MP3151

- Кто это?   這是誰？
- Это Лукас.   這是盧卡斯。
- А это?   而這位呢？
- А это Линда.   而這位是琳達。

主題單詞

根據情境對話的主題所精選的相關單詞，可以根據自身的情況或改編情境對話來做練習、運用。

▶ 主題單詞：Имена 名字

請聽 MP3，並跟著一起念。

Мужские имена 男子名 🎧 MP3152

全名		小名		
Александр	Саша	亞歷山大		
Антон	Антоша	安東		
Владимир	Володя	弗拉基米爾		
Дмитрий	Дима	德米特里		
Евгений	Женя	葉甫蓋尼		
Иван	Ваня	伊凡		
Михаил	Миша	米哈伊爾		
Николай	Коля	尼古拉		
Пётр	Петя	彼得		
Юрий	Юра	尤里		

Женские имена 女子名 🎧 MP3153

全名		小名		
Александра	Саша	亞歷山德拉		
Анна	Аня	安娜		
Екатерина	Катя	葉卡捷琳娜		
Елена	Лёна	葉蓮娜		
Ирина	Ира	伊琳娜		
Мария	Маша	瑪莉婭		
Надежда	Надя	娜達日達		
Наталья	Наташа	娜塔莉婭		
Татьяна	Таня	塔季婭娜		
Юлия	Юля	尤莉婭		

語法筆記：名詞的數

俄語名詞可分為單、複數。變化時，需先確認名詞的性（參見第 0 頁），再依照規則變化。變化時，須將原本單數的詞尾去除掉，加上複數的詞尾。

請看下表：

性	單數			複數	
	詞尾	例詞		詞尾	例詞
陽性	-子音	студе́нт	大學生	-ы	студе́нты
	-й	музе́й	博物館	-и	музе́и
	-ь	писа́тель	作家	-и	писа́тели
中性	-о	окно́	窗戶	-а	о́кна
	-е	зда́ние	建築物	-я	зда́ния
陰性	-а	газе́та	報紙	-ы	газе́ты
	-я	семья́	家庭	-и	се́мьи
	-ь	тетра́дь	本子	-и	тетра́ди

除了上表所列的基本規則以外，有些名詞需按照下表規則變化。適用這些規則的名詞需個別熟記。請看下表：

規則說明	例詞		
單數名詞變複數時，除了詞尾改變外，有些詞的重音位置也隨之改變。	окно́	〔中〕窗戶	о́кна
	сестра́	〔陰〕姊、妹	сёстры
倒數第二個字母或詞尾是 -г、-к、-х、-ж、-ч、-ш、-щ 等字母，複數時不加 -ы，需改成 -и。	календа́рь	〔陽〕月曆	календари́
	кни́га	〔陰〕書	кни́ги
	студе́нтка	〔陰〕大學生	студе́нтки
	врач	〔陽〕醫生	врачи́

149

語法筆記

進入到進階的學習內容後，也會同時介紹俄語的基礎語法。透過淺顯易懂又完整的分析，學習語法的同時還能將前面學到的對話、例句融會貫通。

今日成果驗收

一、請將聽到的句子寫下來。　　　　　　MP3 170

1. _____

2. _____

3. _____

4. _____

5. _____

二、請聽問句，並選擇適合語意的答句。　　MP3 171

1. (　　) (1) - Хо́лодно.
   (2) - Да, он врач.
   (3) - Поликли́ника там.

2. (　　) (1) - Там моя́ ко́мната.
   (2) - Это мои́ роди́тели.
   (3) - Мой родно́й го́род Пари́ж.

3. (　　) (1) - Это не его́ тетра́дь.
   (2) - Кни́га до́ма.
   (3) - Это о́чень интере́сная кни́га.

150

今日成果驗收

學完一天的內容後，趕緊打鐵趁熱做個測驗吧！總共七回的成果驗收，幫助你檢視每日的學習成效。

文化分享　俄羅斯美味湯品

俄羅斯美味菜餚中，最具代表性的就屬湯品了，尤其寒冬中來碗熱呼呼的湯，總是讓人味暖心開。俄語中「суп」（湯）源自法語「soupe」，該詞首次出現在俄羅斯是在 18 世紀。依照傳統，०種以菜湯序麗濃，首先是沙拉，接著湯品就歸為「第一道菜」出場，再來是稱為為「第二道菜」的肉或魚等主食，同時有麵飽餐、白飯、通心粉或蕎麥當配菜，最後是甜點與飲料。

有句諺語說：「Щи да ка́ша — пи́ща на́ша.」，直譯是「白菜湯和粥是我們的食物」，意思是「粗茶淡飯就是福」。白菜湯和粥是俄羅斯最普遍的食物，而以高麗菜為基底的白菜湯在 9 世紀已出現在古代俄羅斯大地上。白菜湯裡有的是放一般的高麗菜，有的是放酸白菜，另外還會放入馬鈴薯、洋蔥、紅蘿蔔、蕃茄等蔬菜，並依個人口味可加肉或不加，最後以香料調味。

如果在食堂或餐廳菜單上看到「соля́нка」，這就是傳說中的俄式拌肉雜菜湯，裡面可加牛肉、小香腸、酸黃瓜、火腿、洋蔥、香芹、橄欖，以及蕃茄醬，因為加了許多重口味的香料，所以俄式拌肉雜菜湯較胃酸濃、鹹辣濃。

酸黃瓜湯的俄語是「рассо́льник」，顧名思義，這款湯中會加入酸酸的鹽水。此外，湯中可加肉、酸黃瓜、紅蘿蔔與香料，與俄式拌肉雜菜湯不同的是，酸黃瓜湯會加入大麥米和馬鈴薯。

俄語稱為「борщ」的甜菜湯，也就是我們所說的羅宋湯，是東斯拉夫人的傳統湯品，在俄羅斯大地上流傳已久，並發展出各式口味，但道地的俄羅斯甜菜湯中一定會加入甜菜、白菜和紅蘿蔔。

以上介紹的都是非常暖胃的熱湯，雖然俄羅斯冬季較長，但到了短暫的夏季還是讓人感覺炎熱，這時一定要試試涼拌冷湯（окро́шка），傳統上它是以黑麥麵包發酵的「克瓦斯冷飲」（квас）為基底，清涼不油膩，是夏日消暑必備湯品。

俄羅斯人喝湯時，習慣加一點酸奶（смета́на），與湯攪拌在一起更入味，準備好來一碗俄式湯品了嗎？祝您胃口大開，用餐愉快！Прия́тного аппети́та!

162

俄羅斯文化分享

每天的最後，都有有趣的俄羅斯文化專欄，從莫斯科介紹到俄式美食，在充實的學習結束後，來點輕鬆的文化知識之旅吧！

目　次

第四天 Четвёртый день　認識俄語生活單詞（二）

第五天 Пя́тый день　用俄語寒暄問候

第六天 Шесто́й день　用俄語介紹自己與他人

第七天 Седьмо́й день **用俄語介紹生活與興趣**

與俄語的第一次接觸

今日學習內容

正式進入一週的俄語學習課程之前，我們先來認識 33 個俄語字母，以及發音與語法基本規則。

俄語屬於印歐語系斯拉夫語族東斯拉夫語支。現代俄語使用「基里爾字母」（кириллица），共有 33 個字母，其中包含兩個符號，即硬音符號「ъ」與軟音符號「ь」。每個字母都有大、小寫之分（但硬音符號、軟音符號與字母「ы」只有小寫），也有印刷體與書寫體形式。印刷體字母一般用於書籍、報章雜誌、招牌廣告和電腦文書中，而手寫時則使用書寫體字母。

Добро́ пожа́ловать!
歡迎光臨！

從 33 個字母開始

請一邊聽 MP3，一邊跟著念俄語字母讀音。　　　　🎧 MP3 001

印刷體		書寫體		字母讀音
大寫	小寫	大寫	小寫	
А	а	𝒜	𝑎	[a]
Б	б	𝐵	𝑏	[be]
В	в	𝐵	𝑏	[ve]
Г	г	𝒯	𝑧	[ge]
Д	д	𝒟	𝑔	[de]
Е	е	𝒞	𝑒	[je]
Ё	ё	𝒞̈	𝑒̈	[jo]
Ж	ж	𝒲	𝑤	[zhe]
З	з	𝟹	𝑧	[ze]
И	и	𝒰	𝑢	[i]
Й	й	𝒰̆	𝑢̆	發短音的 i [i kratkaje]
К	к	𝒦	𝑘	[ka]
Л	л	𝐿	𝑙	[el]
М	м	𝑀	𝑚	[em]
Н	н	𝐻	𝑛	[en]

印刷體		書寫體		字母讀音
大寫	小寫	大寫	小寫	
О	о	*O*	*o*	[o]
П	п	*П*	*n*	[pe]
Р	р	*Р*	*р*	[er]
С	с	*С*	*c*	[es]
Т	т	*Т*	*т*	[te]
У	у	*У*	*у*	[u]
Ф	ф	*Ф*	*ф*	[ef]
Х	х	*Х*	*x*	[ha]
Ц	ц	*Ц*	*ц*	[tse]
Ч	ч	*Ч*	*ч*	[che]
Ш	ш	*Ш*	*ш*	[sha]
Щ	щ	*Щ*	*щ*	[scha]
	ъ		*ъ*	硬音符號 [tvjordyj znak]
	ы		*ы*	[y]
	ь		*ь*	軟音符號 [mjahkij znak]
Э	э	*Э*	*э*	[e]
Ю	ю	*Ю*	*ю*	[ju]
Я	я	*Я*	*я*	[ja]

✍ 跟著 MP3 練習完後，請再看一次上表俄語字母，並試著念出每個字母的
讀音。

簡單好記發音規則

⚕ 俄語字母屬於表音文字，其中有 10 個母音字母，21 個子音字母，2 個符號，符號本身不發音，但會影響前面子音的發音。只要會拼音，並且掌握 4 大發音規則，就能開口說俄語！

規則 1：俄語每個單詞的重音位置皆不同，需特別熟記。

⚕ 學俄語單詞時，會看到有些詞中的某個字母上方有「ˊ」，這是重音符號。由於俄語單詞重音位置不固定，學習時，可標上重音符號方便記憶。

⚕ 如果單詞只有一個母音，稱為「單音節詞」，例如 я（我）、и（和、與）、он（他），這些詞的母音就是重音，不需特別標上重音符號。

⚕ 如果單詞中有兩個以上的母音，即是「多音節詞」，其中一個母音屬於重音音節，代表此音節要發得較強、較長，而其他音節則相對較弱且短促，例如：

máma 媽媽　　　банáн 香蕉　　　фóто 照片

規則 2：母音 [a] 和 [o] 不是重音時，需發較輕的 [a]。

✍ 母音 [a] 和 [o] 會受到「有無重音」與「重音位置」影響而改變發音。在
重音音節上發原來的音 [a]、[o]。如果在重音前一音節則發較弱、較輕的 [a]
（可用 [^] 標示）。在其他音節則發更輕、更弱的 [a]，類似注音符號的「ㄜ」
（可用 [ъ] 標示），例如：

мáма [mámъ] 媽媽   фóто [fótъ] 照片

водá [v^dá] 水   молокó [mъl^kó] 牛奶

規則 3：母音字母 я 和 е 不是重音時，需發較輕的 [i]。

✍ 母音字母 я 和 е 在非重音音節時需發較弱的音。在重音前一音節發 [i]。在
其他音節則要發比 [i] 更輕、更短的 [ь]，例如：

язы́к [izýk] 語言   семья́ [sim'já] 家庭、家人

規則 4：6 組成對的子音：有聲子音在詞尾變無聲；有
　　　　聲加無聲，有聲變無聲；無聲加有聲，無聲變
　　　　有聲。

✐ 俄語子音中，有 6 組成對的有聲子音與無聲子音，請看下表：

有聲子音	б [b]	в [v]	д [d]	г [g]	ж [zh]	з [z]
無聲子音	п [p]	ф [f]	т [t]	к [k]	ш [sh]	с [s]

✐ 有聲子音在詞尾時，需發無聲，例如：

расска́з [z→s] 故事

✐ 有聲子音與無聲子音相連時，前方的子音會受到後方子音影響而變音，例如：

1. 前方的有聲子音與後方的無聲子音相連時，原本的有聲子音需發無聲，例如：

кру́жка [zh→sh] 馬克杯

2. 前方的無聲子音與後方的有聲子音相連時，原本的無聲子音需發有聲，例如：

наш дом [sh→zh] 我們的房子

小叮嚀

✐ 無聲子音與 [м, н, л, р, й, в] 相連時，保持原來的音，不需變成有聲子音，例如：твой [t]（你的）、смотре́ть [s]（看）。

輕鬆掌握入門語法

✐ 學語言時，瞭解語言結構與組成規則可算是最困難，也最具挑戰性的部分。雖然使用俄語溝通交際時，有些固定句型可以直接套入使用，然而，如果想要讓表達更豐富，還是需要語法基礎。首先，我們先來認識俄語詞性。在本書各單詞前皆有[陽]、[動]、[形]等符號，這是代表該詞的詞性，本書所使用的詞性略語請見下表：

略語	名稱	例詞
[陽]	陽性名詞	стол 桌子
[中]	中性名詞	окно́ 窗戶
[陰]	陰性名詞	кни́га 書
[複]	名詞複數	часы́ 鐘、錶
[形]	形容詞	краси́вый 漂亮的
[數]	數詞	оди́н 一
[人代]	人稱代詞	я 我
[物代]	物主代詞	мой 我的
[指代]	指示代詞	э́тот 這個（件、條）
[疑代]	疑問代詞	кто 誰
[動]	動詞	де́лать 做
[副]	副詞	хорошо́ 好
[前]	前置詞	в 在……內
[連]	連接詞	и 和、與

略語	名稱	例詞
[語]	語氣詞	вот （瞧）這就是
[感]	感嘆詞	ой 啊呀

每個俄語名詞都有性的區別，可分成陽性、中性與陰性。分辨時，需看名詞的最後一個字母，如果是子音或是 й，該名詞屬於陽性；如果是字母 -о 或 -е，該名詞屬於中性；如果是字母 -а 或 -я，該名詞屬於陰性。軟音符號 ь 結尾的詞可能是陽性，也可能是陰性，需要查字典確認並熟記。請看下表：

性	每詞最後一個字母	例詞
陽性	- 子音	студéнт 大學生
	-й	музéй 博物館
	-ь	писáтель 作家
中性	-о	окнó 窗戶
	-е	здáние 建築物
陰性	-а	газéта 報紙
	-я	семья́ 家庭、家人
	-ь	тетрáдь 本子

♪ 除了基本規則外，有些名詞分辨方式需用特別規則，請看下表：

特別規則	例詞
-a 或 -я 結尾，並且表示男性的動物名詞屬於陽性。	пáпа［陽］爸爸 дéдушка［陽］爺爺 дя́дя［陽］伯伯、叔叔、舅舅 мужчи́на［陽］男人 Вáня［陽］男子名 Ивáн（伊凡）的小名
-мя 結尾的詞屬於中性。	и́мя［中］名字 врéмя［中］時間、時候
有些 -o 或 -e 結尾的詞在標準俄語屬於陽性。	кóфе［陽］咖啡 éвро［陽］歐元 Тóкио［陽］東京
再次提醒！軟音符號 ь 結尾的詞可能是陽性，也可能是陰性，需要特別熟記。	портфéль［陽］公事包 вещь［陰］東西、物品

小叮嚀

♪ 俄語名詞中還有「格」的概念。共有六個「格」，第一格為「主格」，第二格為「屬格」，第三格為「與格」，第四格為「賓格」，第五格為「工具格」，第六格為「前置格」。名詞，以及其前所加的形容詞和代詞，需依照在句中所表達的意思，變化成正確「格」的形式。

MEMO

第一天
Пéрвый день

· ·

認識俄語字母（一）

今日學習內容

下列字母的念法、寫法、發音規則、相關單詞與短句。
А、Б、В、Г、Д、Е、Ё、Ж、З、И、Й、К、Л、М、Н

其中 А、Е、Ё、И 為母音字母；Й、Л、М、Н 為有聲子音字母，沒有相對的無聲子音；Б、В、Г、Д、Ж、З 為有聲子音字母，有相對的無聲子音；К 為無聲子音字母，有相對的有聲子音。

Привéт!
嗨！

第一天
Пе́рвый день

Aa

 字母念法　　　　　　　　　　　🎧 MP3 **002**

嘴巴張開至最大，舌頭自然向下平放，發出「ㄚ」的聲音。

 發音筆記

母音 [a]

 寫寫看

小叮嚀

✎ 「A」在非重音上發的音較輕，發音方式分兩種：

1. 在重音前一音節發較輕的 [a]；

2. 在其他音節發最輕的 [a]。

 A а 有什麼 🎧 MP3 **003**

在重音上			在非重音上		
áвтор	[陽]	作者	аквапáрк	[陽]	水上樂園
áдрес	[陽]	地址	актёр	[陽]	演員
Азия	[陰]	亞洲	афúша	[陰]	廣告

 説説看 🎧 MP3 **004**

Алло́! Анна до́ма?

喂！安娜在家嗎？

（電話用語）

第一天
Пéрвый день

Б б

 字母念法　　　　　　　　　　　　🎧 MP3 **005**

雙唇閉合，氣流衝破雙唇，發出「ㄅㄝ」的聲音。

 發音筆記

有聲子音 [b]

 寫寫看

小叮嚀

♪ 「Б」在詞尾，或與後面的無聲子音相連時，需發無聲的 [p]。

 Б б 有什麼　　　　　　　　　　　　　🎧 MP3 006

發有聲子音 [b]		發無聲子音 [p]	
бар	[陽] 酒吧	зуб	[陽] 牙齒
биле́т	[陽] 票、證	клуб	[陽] 俱樂部
бу́ква	[陰] 字母	юбка	[陰] 裙子

 説説看　　　　　　　　　　　　　　🎧 MP3 007

Большо́е спаси́бо!

非常感謝！

Бб

🪆 字母念法

上齒觸碰下唇，發出 [v] 與「ㄝ」結合的音。

🪆 發音筆記

有聲子音 [v]

🪆 寫寫看

小叮嚀

✍ 「В」在詞尾，或與後面的無聲子音相連時，需發無聲的 [f]。

В в 有什麼 🎧 MP3 009

發有聲子音 [v]		發無聲子音 [f]	
вáза	[陰] 花瓶	автóбус	[陽] 公車、遊覽車
вúза	[陰] 簽證	вчерá	[副] 昨天
волк	[陽] 狼	лев	[陽] 獅子

🪆 **説説看** 🎧 MP3 010

Вот э́то моя́ визи́тка.

請看，這是我的名片。

🪆 字母念法

🎧 MP3 011

舌頭後部抬起觸碰軟顎，發出「ㄍㄝ」的聲音。

🪆 發音筆記

有聲子音 [g]

🪆 寫寫看

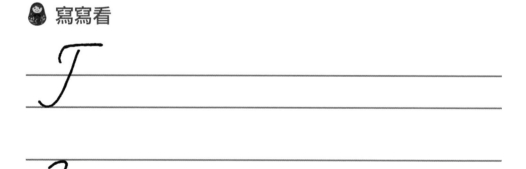

小叮嚀

✦ 「Г」在詞尾，或與後面的無聲子音相連時，需發無聲的 [k]。

 Г г 有什麼　　🎧 MP3 012

發有聲子音 [g]		發無聲子音 [k]	
где	[疑代] 在哪裡	друг	[陽] 朋友
грамм	[陽] 公克	снег	[陽] 雪
гру́ппа	[陰] 群、組、班	утю́г	[陽] 熨斗

 説説看　　🎧 MP3 013

Где газе́та?

報紙在哪裡？

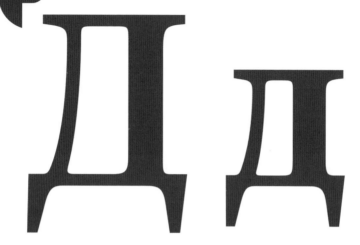

字母念法

🎧 MP3 **014**

舌頭輕碰上齒背，發出「ㄉㄝ」的聲音。

發音筆記

有聲子音 [d]

寫寫看

🪆 小叮嚀

⚡ 「Д」在詞尾，或與後面的無聲子音相連時，需發無聲的 [t]。

🪆 Д д 有什麼

🎧 MP3 015

發有聲子音 [d]			發無聲子音 [t]		
двор	[陽]	院子	гид	[陽]	導遊
дом	[陽]	房子	сад	[陽]	花園
духи́	[複]	香水	сосе́д	[陽]	鄰居

説説看

Ди́ма студе́нт.

季馬是大學生。

第一天
Пе́рвый день

E e

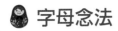 字母念法   🎧 MP3 017

雙唇向兩側微伸，舌頭置於口腔中間，發出「一せ」的聲音。

 發音筆記

子音 [j] + 母音 [e]

🪆 寫寫看

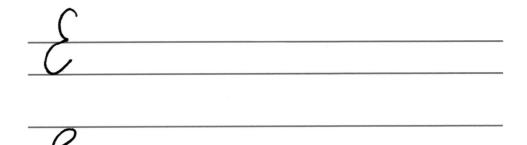

小叮嚀

♪ 「E」在非重音上時，需發 [i]。

 E e 有什麼　　　　　　　　　　　　 MP3 018

在重音上		在非重音上	
Андрéй	[陽]（男子名）安德烈	Еврóпа	[陰]歐洲
éвро	[陽]歐元	ещё	[副]再、又
éсли	[連]如果	метрó	[中]地鐵

説説看　　　　　　　　　　　　　　　　　 MP3 019

Поéхали!

（我們）走吧！出發吧！

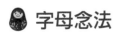 **字母念法**

🎧 MP3 020

雙唇向兩側微伸，再往前呈微圓，發出「ㄧㄛ」的聲音。

 發音筆記

子音 [j] + 母音 [o]

 寫寫看

Ë

ë

小叮嚀

♫ 「Ё」永遠是重音，書寫時不需再標重音符號。

Ё ё 有什麼　　　　　　　　　　　　　　🎧 MP3 021

在字首		在字中	
ёж	[陽] 刺蝟	берёза	[陰] 白樺樹
ёлка	[陰] 樅樹	мёд	[陽] 蜂蜜
		серьёзный	[形] 嚴肅的
		щётка	[陰] 刷子

説説看　　　　　　　　　　　　　　　　🎧 MP3 022

Ещё раз!

再一次！

Ж ж

🪆 字母念法

🎧 MP3 **023**

舌頭先往上捲起，發出「ㄖㄜ」的聲音。

🪆 發音筆記

有聲子音 [zh]

🪆 寫寫看

$\mathcal{Ж}$

$\mathcal{ж}$

小叮嚀

♪ 「ж」在詞尾，或與後面的無聲子音相連時，需發無聲的 [sh]。

 Ж ж 有什麼 🎧 MP3 **024**

發有聲子音 [zh]			發無聲子音 [sh]		
женá	[陰] 妻子		гарáж	[陽] 車庫	
жéнщина	[陰] 女人		лóжка	[陰] 湯匙	
жизнь	[陰] 生活、生命		муж	[陽] 丈夫	

 說說看 🎧 MP3 **025**

Добрó пожáловать!

歡迎光臨！

字母念法

🎧 MP3 **026**

上下齒輕碰，發出「ㄗㄝ」的聲音。

發音筆記

有聲子音 [z]

寫寫看

小叮嚀

♪ 「з」在詞尾，或與後面的無聲子音相連時，需發無聲的 [s]。

 З з 有什麼 🎧 MP3 **027**

發有聲子音 [z]			發無聲子音 [s]		
здáние	［中］建築物		вниз	［副］向下、往下	
знак	［陽］符號		газ	［陽］氣體	
зонт	［陽］傘		глаз	［陽］眼睛	

 説説看 🎧 MP3 **028**

Здóрово!

真好！真棒！

039

Ии

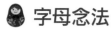 字母念法

🎧 MP3 **029**

雙唇向兩側伸開，嘴形呈扁平狀，發出「一」的聲音。

發音筆記

母音 [i]

寫寫看

и

и

小叮嚀

🎵 「И」在非重音上時發較輕的 [i]。

 И и 有什麼　🎧 MP3 030

在重音上		在非重音上	
и́ва	[陰]柳樹	информа́ция	[陰]訊息、資訊
и́ли	[連]或者	Испа́ния	[陰]西班牙
и́мя	[中]名字	исто́рия	[陰]歷史

 說說看　🎧 MP3 031

Извини́те! Вы не туда́ попа́ли.

不好意思！您打錯電話了。

（電話用語）

🪆 字母念法

🎧 MP3 032

字母名稱為「i kratkaje」，中文意思是「發短音的 i」。

🪆 發音筆記

有聲子音 [j]

🪆 寫寫看

Й

й

小叮嚀

ᗐ 「й」是有聲子音，發較輕、較短的 [i]。它沒有相對的無聲子音。

 Й й 有什麼　🎧 MP3 033

在字首			在字中		
йóга	[陰] 瑜珈		бассéйн	[陽] 游泳池	
йóгурт	[陽] 優格		войнá	[陰] 戰爭	
йод	[陽] 碘		сейчáс	[副] 現在	

 説説看　🎧 MP3 034

Дáйте одúн билéт!

請給一張票！

Кк

 **字母念法**　　　　　　　　　　🎧 MP3 **035**

舌頭後部抬起觸碰軟顎，發出「ㄎㄚ」的聲音。

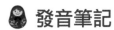 **發音筆記**

無聲子音 [k]

 寫寫看

К

К

🪆 小叮嚀

✍ 「К」發無聲的 [k]，其相對應的有聲子音是 [g]。

🪆 К к 有什麼　　　　　　　　　　🎧 MP3 036

發無聲子音 [k]		發有聲子音 [g]	
квартúра	[陰] 公寓、住宅	экзáмен	[陽] 考試
квас	[陽] 克瓦斯俄式飲料	экзóтика	[陰] 異國風味
кнúга	[陰] 書		
краб	[陽] 螃蟹		

🪆 説説看　　　　　　　　　　🎧 MP3 037

Кто э́то?

這是誰？

Лл

字母念法 🎧 MP3 038

先發出「ㄝ」的聲音，之後舌頭觸碰上齒發出「ㄌ」的聲音。

發音筆記

有聲子音 [l]

寫寫看

Л

л

小叮嚀

♪ 「Л」只發有聲，沒有相對的無聲子音。

Л л 有什麼

🎧 MP3 039

在字首			在字尾		
лисá	[陰]狐狸		зал	[陽]大廳	
лифт	[陽]電梯		пол	[陽]地板	
лы́жи	[複]滑雪板		сериáл	[陽]連續劇	

說說看

🎧 MP3 040

Лéтом óчень жáрко.

夏天時很熱。

Мм

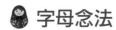 **字母念法**　　　　　　　　　　　　🎧 **MP3 041**

先發出「ㄝ」，之後雙唇緊閉，讓氣流從鼻腔通過（像是發 [m] 位於母音後的音）。

 發音筆記

有聲子音 [m]

 寫寫看

М

м

🪆 小叮嚀

♪ 「М」只發有聲，沒有相對的無聲子音。

🪆 М м 有什麼 🎧 MP3 042

在字首			在字尾		
мо́ре	[中]	海	дым	[陽]	煙
му́зыка	[陰]	音樂	ря́дом	[副]	在旁邊
мяч	[陽]	球	фильм	[陽]	影片

🪆 説説看 🎧 MP3 043

Мо́жно?

可以嗎？

049

第一天
Пе́рвый день

Н н

 字母念法 MP3 **044**

先發出「せ」，之後雙唇微開，讓氣流從鼻腔通過（像是發 [n] 位於母音後的音）。

 發音筆記

有聲子音 [n]

 寫寫看

H

H

小叮嚀

♪ 「н」只發有聲，沒有相對的無聲子音。

Н н 有什麼

🎧 MP3 **045**

在字首		在字尾	
не́бо	[中]天空	Анто́н	[陽]（男子名）安東
но́мер	[陽]號碼	ваго́н	[陽]車廂
но́та	[陰]音符	лимо́н	[陽]檸檬

説説看

🎧 MP3 **046**

Здесь нельзя́ кури́ть!

這裡不准抽菸！

今日成果驗收

一、請將聽到的字母寫下來。　　　　　　　　　🎧 MP3 047

1. _____

2. _____

3. _____

4. _____

5. _____

6. _____

7. _____

8. _____

二、請將聽到的單詞圈起來。　　　　　　　　🎧 MP3 048

1. двор	дом
2. лифт	лиса́
3. грамм	гру́ппа
4. но́мер	но́та
5. ва́за	ви́за

三、請將圖片與俄語名稱連起來。

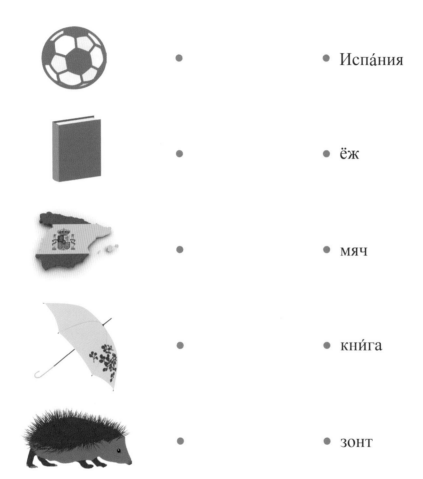

•   • Испа́ния

•   • ёж

•   • мяч

•   • кни́га

•   • зонт

文化分享　認識俄羅斯

　　俄羅斯的全稱是俄羅斯聯邦，也就是說，俄羅斯是由聯邦主體組成。聯邦主體包括共和國、邊疆區、州、聯邦直轄市、自治州，以及自治區。首都莫斯科與北方之都聖彼得堡屬於聯邦直轄市。

　　俄羅斯是世界上領土面積最大的國家，約 1,710 萬平方公里，人口總數大約 1 億 4,600 萬人（2018 年統計）。領土遍布北緯 50 度以上，橫跨歐、亞兩洲，國土以礦產豐富的烏拉山脈為界，西邊是東歐平原東部，東邊是西伯利亞與遠東地區。

　　俄羅斯國土邊界線全長約 61,000 公里，與哈薩克共和國的邊界線最長，約 7,500 公里，而與北韓的邊界線最短，約 17 公里。俄羅斯東西距離長約 1 萬多公里，如果想來一趟西伯利亞大鐵路之旅，從莫斯科到位於領土東端的海參崴，最快需要 6 天，搭飛機則將近 8 小時。

　　由於東西橫跨幅度大，自國境最西邊的波羅的海到最東邊的日本海，共分成 11 個時區。俄羅斯曾經實施過夏令時制，也就是在 3 月底時需將時鐘調快 1 小時，而在 10 月底時需將時鐘調慢 1 小時。自 2014 年起，則全國實行冬令時制。莫斯科時間比臺北慢 5 小時，假如莫斯科現在是早上 10 點，臺北則已經是下午 3 點了。

　　俄羅斯民族起源、國家誕生，以及政治經濟和文化中心，皆與歐洲緊密相連，人口也主要分布在西邊，然而俄羅斯大部分國土位於亞洲地區，因此難以判定俄羅斯究竟是歐洲國家，還是亞洲國家。她就像是國徽上既朝東、又向西眺望的雙頭鷹。長久以來，來自四面八方的各個民族文化，克服嚴峻的氣候條件，在此廣袤大地上衝擊與融合，也因此造就了俄羅斯民族堅毅剛強、吃苦耐勞，同時又豪爽自信、熱情樂觀之獨特的俄式性格。

第二天
Второ́й день
認識俄語字母（二）

今日學習內容

下列字母念法、寫法、發音規則、相關單詞與短句。
О、П、Р、С、Т、У、Ф、Х、Ц、Ч、Ш、Щ、ъ、ь、
ы、Э、Ю、Я

其中 О、У、ы、Э、Ю、Я 為母音字母；Р 為有聲子音字母，沒有相對的無聲子音；Х、Ц、Ч、Щ 為無聲子音字母，沒有相對的有聲子音；П、С、Т、Ф、Ш 為無聲子音字母，有相對的有聲子音；ъ 為硬音符號；ь 為軟音符號。

Как дела́?
你好嗎？

 字母念法　　　　　　　　　　🎧 MP3 049

嘴唇呈圓狀，舌頭往後縮，發出「ㄛ」的聲音。

 發音筆記

母音 [o]

 寫寫看

小叮嚀

✍ 「О」在非重音上發的音較輕，發音方式分兩種：

1. 在重音前一音節發較輕的 [a]；
2. 在其他音節發最輕的 [a]（類似「さ」的音）。

 О о 有什麼 🎧 MP3 050

在重音上		在非重音上	
ópera	[陰] 歌劇	мécто	[中] 地點、位子
óфис	[陽] 辦公室	окнó	[中] 窗戶
óчень	[副] 很、非常	собáка	[陰] 狗

 說說看 🎧 MP3 051

Это óчень большóе óзеро.

這是座非常大的湖泊。

第二天
Второй день

 字母念法　　　　　　　　🎧 MP3 052

雙唇閉合，氣流衝破雙唇，發出「ㄆㄝ」的聲音。

 發音筆記

無聲子音 [p]

 寫寫看

$\mathcal{T}$

$\mathcal{N}$

小叮嚀

↗ 「П」發無聲的 [p]，其相對應的有聲子音是 [b]。

 П п 有什麼　　🎧 MP 3 053

發無聲子音 [p]			
план	[陽] 計畫	пра́здник	[陽] 節日（д 不發音）
пло́щадь	[陰] 廣場	профе́ссия	[陰] 職業
пра́вда	[陰] 真理、真相	психоло́гия	[陰] 心理學

説説看　　🎧 MP 3 054

Я пло́хо себя́ чу́вствую.

我覺得不舒服。

（чу́вствую 第一個 в 不發音）

059

P p

 字母念法

🎧 MP3 055

先發出「せ」的聲音，舌尖靠近上齒，震動聲帶，讓氣流衝出，並顫抖舌尖。

 發音筆記

有聲子音 [r]

寫寫看

小叮嚀

♪ 「P」只發有聲，沒有相對的無聲子音。

P p 有什麼

🎧 MP3 056

在字首			在字尾		
pа́дуга	[陰] 彩虹		ве́тер	[陽] 風	
pебёнок	[陽] 小孩、兒童		композ́итор	[陽] 作曲家	
pо́за	[陰] 玫瑰		собо́р	[陽] 大教堂	

説説看

🎧 MP3 057

Разреши́те пройти́.

請借過。

第二天
Второ́й день

Cc

🪆 **字母念法**　　　　　　　　　　　🎧 MP3 058

先發出「ㄝ」的聲音，上下齒輕碰，發出無聲「ㄙ」的聲音。

🪆 **發音筆記**

無聲子音 [s]

🪆 **寫寫看**

C

C

062

小叮嚀

✎ 「C」發無聲的 [s]，其相對應的有聲子音是 [z]。

 C c 有什麼 🎧 MP3 059

第二天
Второй день

發無聲子音 [s]

слово	[中] 單詞	спорт	[陽] 運動
слон	[陽] 大象	стекло́	[中] 玻璃
сосна́	[陰] 松樹		

發有聲子音 [z]

сда́ча	[陰] 找錢、找回的錢

 説説看 🎧 MP3 060

Сади́тесь, пожа́луйста.

請坐下。

（пожа́лу<u>йс</u>та 中的 уй 不發音）

 字母念法　🎧 MP3 061

舌頭輕碰齒背，發出「ㄊㄜ」的聲音。

 發音筆記

無聲子音 [t]

 寫寫看

🪆 小叮嚀

↬ 「т」發無聲的 [t]，其相對應的有聲子音是 [d]。

🪆 Т т 有什麼   🎧 MP3 062

發無聲子音 [t]			
страна́	[陰] 國家	туале́т	[陽] 廁所
торт	[陽] 蛋糕	тури́ст	[陽] 旅客、遊客
тре́нер	[陽] 教練		

發有聲子音 [d]	
футбо́л	[陽] 足球

🪆 説説看   🎧 MP3 063

Ти́ше, пожа́луйста.

請安靜一點。

（пожа́луйста 中的 уй 不發音）

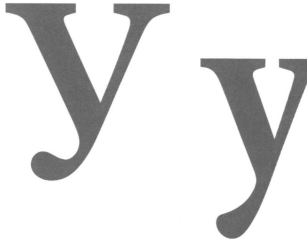

 字母念法

🎧 MP3 064

嘴唇呈圓嘟狀，發出「ㄨ」的聲音。

發音筆記

母音 [u]

寫寫看

y

y

🪆 小叮嚀

🔗 「у」在重音與非重音上的發音都是 [u]。

🪆 У у 有什麼   🎧 MP3 065

在重音上		在非重音上	
ýжин	[陽] 晚餐	руба́шка	[陰] 襯衫
ýлица	[陰] 街道	уже́	[副] 已經
ум	[陽] 智慧、才智	университе́т	[陽] 大學

🪆 說說看   🎧 MP3 066

С удово́льствием!

真榮幸！真高興！

（ c 與 y 需連在一起發音，發 [su] 的音 ）

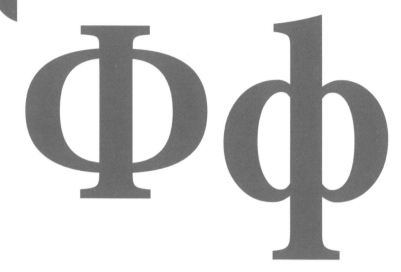

字母念法　　　　　　　　　🎧 MP3 067

先發出「ㄝ」的聲音，上齒觸碰下唇，送出氣流，發出無聲 [f]。

發音筆記

無聲子音 [f]

寫寫看

小叮嚀

♪ 「Ф」發無聲的 [f]，其相對應的有聲子音是 [v]。

 Ф ф 有什麼 🎧 MP3 068

發無聲子音 [f]			
фи́зика	[陰] 物理學	флаг	[陽] 旗子
фи́рма	[陰] 公司	флома́стер	[陽] 麥克筆
фото́граф	[陽] 攝影師	фру́кты	[複] 水果

 說說看 🎧 MP3 069

Фотографи́руйте меня́!

請幫我照相！

X x

 字母念法　　　　　🎧 MP3 070

嘴巴張開，震動聲帶並送出氣，發出「厂Y」的聲音。

 發音筆記

無聲子音 [h]

 寫寫看

X

x

小叮嚀

✎ 「X」只發無聲，沒有相對的有聲子音。

 X x 有什麼

🎧 MP3 071

在字首		在字尾	
хвост	[陽]尾巴	во́здух	[陽]空氣
храм	[陽]教堂、廟宇、寺院	горо́х	[陽]豌豆
хло́пок	[陽]棉花	чех	[陽]捷克人

🎧 說說看 🎧 MP3 072

Я хочу́ хорошо́ говори́ть по-ру́сски.

我想要說好俄語。

 字母念法　　　　　　　　　　　🎧 MP3 073

上下齒輕碰，發出「ㄘㄝ」的聲音。

 發音筆記

無聲子音 [ts]

 寫寫看

Ц

Ц

小叮嚀

☞ 「Ц」只發無聲，沒有相對的有聲子音。

☞ 「-ТЬСЯ」、「-ТСЯ」需發 [tsa]。

 МР3 074

Ц ц 有什麼

在字首			在字尾		
цветы́	[複] 花		дворе́ц	[陽] 宮殿	
центр	[陽] 中心		иностра́нец	[陽] 外國人	
цирк	[陽] 馬戲、雜技		певе́ц	[陽] 歌手	

説説看

МР3 075

Гости́ница «Москва́» нахо́дится в це́нтре го́рода.

莫斯科旅館位於市中心。

（нахо́дится 中的 тся 需發 [tsa]）

Чч

 **字母念法**　　　　　　　🎧 MP3 076

雙唇微微向前呈圓形，並逐漸向後發出「ㄑㄩㄝ」的聲音。

 發音筆記

無聲子音 [ch]

🪆 **寫寫看**

Ч

ч

小叮嚀

🔖 「ч」只發無聲，沒有相對的有聲子音。

🔖 「ч」有時發 [sh]，例如 что（什麼）、коне́чно（當然）。

🔖 「ЧА」在非重音上，需發較輕的 [chi]，例如 часы́（鐘、錶）。

 Ч ч 有什麼　　　　　　　　　　　🎧 MP3 077

在字首	
челове́к	[陽]人
Че́хия	[陰]捷克
在字中	
де́вочка	[陰]小女孩
то́чка	[陰]點、句號
在字尾	
ключ	[陽]鑰匙
Углич	[陽]（俄國城市）烏格里奇

 説説看　　　　　　　　　　　🎧 MP3 078

Я чита́ю кни́гу.

我在看書。

字母念法

MP 3 079

舌頭先往上捲起，發出「ㄕㄚ」的聲音。

發音筆記

無聲子音 [sh]

寫寫看

小叮嚀

✿ 「ш」發無聲的 [sh]，其相對應的有聲子音是 [zh]。

Ш ш 有什麼

🎧 MP3 080

在字首	
шкóла	[陰]（中、小學）學校
штраф	[陽] 罰款
在字中	
кóшка	[陰] 貓
шашлы́к	[陽] 烤肉串
在字尾	
душ	[陽] 淋浴
марш	[陽] 進行曲、行軍

説説看

🎧 MP3 081

Нáша машúна тут.

我們的車子在這裡。

第二天
Второ́й день

Щ щ

 字母念法 🎧 MP3 082

雙唇向前呈微圓，再往兩側伸開，發出「ㄒㄩㄚ」的聲音。

發音筆記

無聲子音 [sch]

寫寫看

Щ

Щ

小叮嚀

🎵 「Щ」只發無聲,沒有相對的有聲子音。

🎵 「ЩА」在非重音上,需發較輕的 [schi],例如 пло́щадь(廣場)。

🎵 「Щ」與前一個字母「Ш」很像,但右下方多了小小一撇,不要搞混囉!

🪆 Щ щ 有什麼 🎧 MP3 083

在字首		在字尾	
щи	[複]白菜湯	борщ	[陽]甜菜湯
щит	[陽]盾牌	плащ	[陽]風衣、雨衣
щу́ка	[陰]狗魚	това́рищ	[陽]同志、同事

 說說看 🎧 MP3 084

Это Кра́сная пло́щадь.

這是紅場。

Ъ

🪆 字母念法　🎧 MP3 085

「硬音符號」（твёрдый знак）俄語念法為 [tvjordyj znak]

🪆 發音筆記

不發音

🪆 寫寫看

🪆 小叮嚀

🎵 硬音符號不發音，但位於硬音符號前的子音發硬音（即發原來的音）。

🎵 「ъ」只寫小寫。

🪆 ъ 有什麼　🎧 MP3 086

въезд	[陽]（車輛）入口處
объявлéние	[中]公告、聲明
подъéзд	[陽]（建築物）入口、正門

🪆 字母念法

🎧 MP3 087

「軟音符號」（мягкий знак）俄語念法為 [mjahkij znak]。

🪆 發音筆記

不發音

🪆 寫寫看

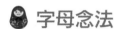

🪆 小叮嚀

♪ 軟音符號不發音，但位於軟音符號前的子音發軟音（即加上很輕的 [i]）。
♪ 「ь」只寫小寫。

🪆 ь 有什麼

🎧 MP3 088

де́ньги	[複] 錢
рубль	[陽]（俄國貨幣）盧布
царь	[陽] 沙皇

ЬІ

 字母念法　　　　　　　　　　　　　🎧 MP3 089

嘴唇微開，嘴形扁平，舌頭往後緊縮，發出「ㄜ」與「一」結合的聲音。

 發音筆記

母音 [y]

 寫寫看

ЬІ

小叮嚀

✎ 「ы」只寫小寫。

 **ы 有什麼** 🎧 MP3 090

вы	[人代] 你們、您
вы́ход	[陽] 出口
мы	[人代] 我們
мы́ло	[中] 肥皂
ты	[人代] 你、妳
ты́сяча	[數] 千

 説説看 🎧 MP3 091

Сле́ва фру́кты,
а спра́ва проду́кты.

左邊是水果，而右邊是食物。

第二天
Второй день

字母念法

🎧 MP 3 092

嘴唇向兩側微開，舌頭置於口腔中間，發出「せ」的聲音。

發音筆記

母音 [e]

寫寫看

$\ni$

$\ni$

小叮嚀

🎵 「э」在非重音上，發較輕的 [i]。

 Ээ 有什麼

在重音上		在非重音上	
э́то	[指代]這	эколо́гия	[陰]生態學
э́хо	[中]回聲	эконо́мия	[陰]經濟學
		экра́н	[陽]銀幕
		эскимо́	[中]雪糕

 說說看

🎧 MP3 094

Кака́я э́то экску́рсия?

這是怎麼樣的遊覽活動？

Ю ю

🪆 字母念法

🎧 MP3 095

雙唇向兩側微伸，再往前呈圓嘟狀，發出「ーㄨ」的聲音。

🪆 發音筆記

子音 [j] + 母音 [u]

🪆 寫寫看

Ю

ю

小叮嚀

✏ 「Ю」在重音與非重音上的發音都是 [ju]。

 Ю ю 有什麼　　　🎧 MP3 096

在重音上		在非重音上	
компью́тер	[陽] 電腦	любо́вь	[陰] 愛情
рю́мка	[陰] 小酒杯	юбиле́й	[陽] 紀念日
юг	[陽] 南方	юри́ст	[陽] 法律工作者

説説看　　　🎧 MP3 097

Познако́мьтесь, э́то Ю́рий Ю́рьевич.

請認識一下，這是尤里 · 尤里耶維奇。

字母念法

🎧 MP3 098

雙唇先向兩側微伸，再張開至最大，發出「一Y」的聲音。

發音筆記

子音 [j] + 母音 [a]

寫寫看

小叮嚀

♪ 「Я」在非重音上，發較輕的 [i]。

Я я 有什麼　　　　　　　　　　　　
　🎧 MP3 099

在重音上		在非重音上	
я́года	［陰］漿果	за́яц	［陽］兔子
я́хта	［陰］快艇、遊艇	ме́сяц	［陽］月
я́щик	［陽］抽屜	яйцо́	［中］蛋

說說看　　　　　　　　　　　🎧 MP3 100

Я люблю́ тебя́.

我愛你。

今日成果驗收

一、請將聽到的字母寫下來。　　　　　　　　🎧 MP3 101

1. _____

2. _____

3. _____

4. _____

5. _____

6. _____

7. _____

8. _____

二、請將聽到的單詞圈起來。　　　　　　　　🎧 MP3 102

1. э́хо	э́то
2. центр	цирк
3. ме́сяц	за́яц
4. пло́щадь	пра́вда
5. во́здух	горо́х

三、請將圖片與俄語名稱連起來。

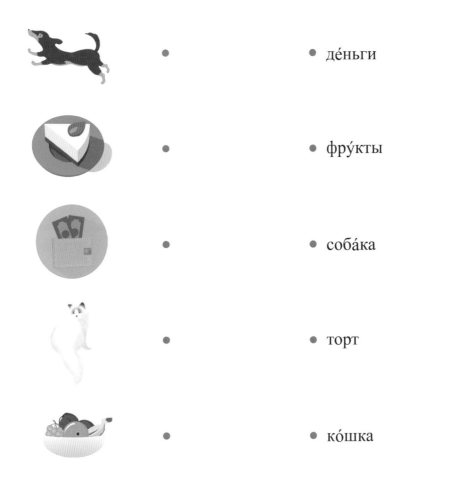

де́ньги

фру́кты

соба́ка

торт

ко́шка

小叮嚀

✎ 初學者容易把俄語與英語字母搞混，但是別緊張，只要多看幾眼，多寫、
多聽、多念幾次，就能輕鬆掌握俄語字母囉。加油！加油！

文化分享 俄羅斯自然景觀

　　俄羅斯占地廣大、浩瀚無垠，在這裡可以看見大自然各式地形與美景，〈俄羅斯聯邦國歌〉中即唱道：「自南方海洋至極地邊疆，遍布我們的森林與田野」。俄國擁有豐富動人的地理景致，其中最令人嚮往的湖光景色，莫過於位在俄羅斯亞洲地區、東西伯利亞南邊的貝加爾湖（Байкал）。它是世界上最深的湖泊，深達 1,642 公尺。湖泊總面積約 31,000 平方公里，幾乎快與臺灣一樣大了！貝加爾湖位於海拔約 456 公尺，四周群山環繞，多條河流注入貝加爾湖，僅有安卡拉河自貝加爾湖流出。

　　俄羅斯各地大小河川遍布，國內夏日時也盛行渡輪遊河旅行。有「眾河之母」稱號的伏爾加河（Вóлга，又稱窩瓦河）全長約 3,530 公里，在東歐平原上自北向南流，於阿斯特拉罕注入裏海。其支流流經莫斯科，河道系統與波羅的海、白海、黑海，以及亞述海相連。自古以來，伏爾加河即是重要商業貿易與交通運輸管道，沿岸隨之建起許多城市，像是位於連接莫斯科與聖彼得堡交通要道上的特維爾、俄國一千盧布上的雅羅斯拉夫、韃靼斯坦共和國首府喀山、高 91 公尺之「祖國母親在召喚」巨型紀念碑所在地的伏爾加格勒等。

　　除了平原地形，位於俄羅斯西南方、黑海與裏海之間，曾讓大文豪普希金與萊蒙托夫留下動人描述的高加索地區（Кавкáз），是山巒遍布的人間仙境，俄國最高峰、海拔 5,642 公尺的厄爾布魯斯山屹立在此。高加索地區總是吸引登山探險隊慕「景」而來，這裡不僅是炎熱夏日避暑療養勝地，到了冬季，更是滑雪愛好者首選之地。索契是此區的著名運動、度假城，這裡曾是 2014 年冬季奧運主辦地，也是 2018 年世界盃足球賽舉辦城市之一。漫步黑海畔，體驗有別於北方城市的南方濱海風情，真叫人永生難忘。

第三天
Трéтий день

認識俄語生活單詞(一)

今日學習內容

下列主題單詞與基本句型搭配用法

1. Семья́ 家庭成員

2. Кни́ги, канцтова́ры 書籍文具

3. Жи́зненные предме́ты 生活用品

4. В до́ме 住家內部

5. Овощи, фру́кты 蔬菜水果

Очень хорошо́!
非常好！

1. Семья́ 家庭成員

🪆主題單詞

請聽 MP3，並跟著一起念。　　　　　　　　　🎧 MP3 103

де́душка	[陽]	爺爺
ба́бушка	[陰]	奶奶
оте́ц	[陽]	父親
мать	[陰]	母親
па́па	[陽]	爸爸
ма́ма	[陰]	媽媽
дя́дя	[陽]	伯伯、叔叔、舅舅
тётя	[陰]	嬸嬸、阿姨、舅媽
брат	[陽]	哥哥、弟弟
сестра́	[陰]	姊姊、妹妹
муж	[陽]	丈夫
жена́	[陰]	妻子
сын	[陽]	兒子
дочь	[陰]	女兒
внук	[陽]	孫子
вну́чка	[陰]	孫女
ребёнок	[陽]	小孩、兒童
ма́льчик	[陽]	男孩
де́вушка	[陰]	女孩
роди́тели	[複]	父母

🪆 情境對話

請聽 MP3，並跟著一起念。　　　　　　　　　　　　🎧 MP3 104

- Кто э́то?	這是誰？
- Э́то па́па.	這是爸爸。
- Кто э́то?	這是誰？
- Э́то ма́ма.	這是媽媽。

第三天
Третий день

小叮嚀

♪ 在俄語現在時句子中，省略如同中文的「是」或英文的 be 動詞，直接在 Э́то（這）後面加上名詞或詞組。

♪ 在帶疑問詞的問句中，語調需在疑問詞的重音處下降，例如 Кто э́то?（這是誰？）。

♪ 在直述句中，語調需在句子最後一個詞的重音處下降，例如 Э́то па́па.（這是爸爸。）。

🪆 小試身手

請按照提示寫出單詞。

1. м___льч___к

2. ___т___ц

3. с___стр___

4. д___в___шк___

5. р___д___т___л___

2. Кни́ги, канцтова́ры 書籍文具

主題單詞

請聽 MP3，並跟著一起念。　　　　　　　　🎧 MP3 105

бума́га	[陰]	紙
газе́та	[陰]	報紙
журна́л	[陽]	雜誌
закла́дка	[陰]	書籤
календа́рь	[陽]	月曆
каранда́ш	[陽]	鉛筆
кни́га	[陰]	書
конве́рт	[陽]	信封
лине́йка	[陰]	尺
ма́рка	[陰]	郵票
но́жницы	[複]	剪刀
откры́тка	[陰]	明信片、卡片
па́пка	[陰]	文件夾
письмо́	[中]	信
ру́чка	[陰]	筆
скре́пка	[陰]	迴紋針
слова́рь	[陽]	辭典
сте́плер	[陽]	訂書機（те 發 [тэ] 的音）
тетра́дь	[陰]	本子、筆記本
уче́бник	[陽]	課本、教科書

情境對話

請聽 MP3，並跟著一起念。 MP3 106

- Что э́то?	這是什麼？
- Это конве́рт.	這是信封。
- Что э́то?	這是什麼？
- Это ру́чка и каранда́ш.	這是筆和鉛筆。

第三天
Трётий день

小叮嚀

🔗 俄語名詞分為「動物名詞」與「非動物名詞」。表示人或動物的名詞稱為「動物名詞」；「非動物名詞」包括植物、物品、國名、地名等。提問時，「動物名詞」用 кто（誰），「非動物名詞」用 что（什麼）。

🔗 и（和、與）是並列連接詞，連接兩個意義一致的詞或句子。

小試身手

請將圖片與俄語名稱連起來。

1. ● ● тетра́дь

2. ● ● журна́л

3. ● ● ма́рка

4. ● ● слова́рь

5. ● ● каранда́ш

3. Жи́зненные предме́ты 生活用品

主題單詞

請聽 MP3，並跟著一起念。　　　　　　　　　　　　🎧 MP3 107

ви́лка	[陰]	叉子
ключ	[陽]	鑰匙
компью́тер	[陽]	電腦
кошелёк	[陽]	錢包
ла́мпа	[陰]	燈
ло́жка	[陰]	湯匙
моби́льник	[陽]	手機
нож	[陽]	刀子
очки́	[複]	眼鏡
портфе́ль	[陽]	公事包
стака́н	[陽]	（無把手）杯子
су́мка	[陰]	包包
таре́лка	[陰]	盤子
телеви́зор	[陽]	電視
телефо́н	[陽]	電話
фо́то	[中]	照片
фотоаппара́т	[陽]	照相機
ча́йник	[陽]	茶壺
часы́	[複]	鐘、錶
ча́шка	[陰]	（有把手）茶杯

🪆 情境對話

請聽 MP3，並跟著一起念。　　　　　　　　　🎧 MP3 108

- Где телефо́н?	電話在哪裡？
- Телефо́н тут.	電話在這裡。
- Где су́мка и портфе́ль?	包包和公事包在哪裡？
- Су́мка и портфе́ль там.	包包和公事包在那裡。

小叮嚀

ℐ где（在哪裡）為疑問代詞，後面加上人或物，詢問其所在位置。

ℐ тут（在這裡）和 там（在那裡）皆表達位置，тут 指位於離說話者較近的地方，там 指位於離說話者較遠的地方。

🪆 小試身手

請找出正確單詞。

сумкачасыфотоаппараттелевизорпортфель

4. В дóме 住家內部

主題單詞

請聽 MP3，並跟著一起念。　　　　　　　　🎧 MP3 109

балкóн	[陽] 陽台
дверь	[陰] 門
дивáн	[陽] 沙發
дом	[陽] 房子
квартúра	[陰] 住宅
ковёр	[陽] 地毯
кóмната	[陰] 房間
коридóр	[陽] 走廊
крéсло	[中] 單人沙發椅
кровáть	[陰] 床
кýхня	[陰] 廚房
лéстница	[陰] 樓梯（т 不發音）
лифт	[陽] 電梯
пол	[陽] 地板
пóлка	[陰] 架子
стенá	[陰] 牆壁
стол	[陽] 桌子
стул	[陽] 椅子
холодúльник	[陽] 冰箱
шкаф	[陽]（有門的）櫃子

🪆情境對話

請聽 MP3，並跟著一起念。　　　　　　　　　　🎧 MP3 110

- Что тут?	這裡是什麼？
- Тут ко́мната.	這裡是房間。
- А там?	而那裡呢？
- А там ку́хня.	那裡是廚房。

x

小叮嚀

🖈 а（而）是對比連接詞，連接兩個意義相對的詞或句子。

🖈 情境對話中的第三句 А там? 是接續上一問句的省略句型，完整句子為 А что там?（而在那裡是什麼？）。在這種接續問句的省略句型中，語調需往上升。

🪆小試身手

請看圖寫出俄語名稱。

1. _____

2. _____

3. _____

4. _____

5.  _____

101

5. Овощи, фру́кты 蔬菜水果

主題單詞

請聽 MP3，並跟著一起念。 ◯ MP3 111

капу́ста	[陰] 高麗菜
картóфель	[陽] 馬鈴薯
лук	[陽] 洋葱
морко́вь	[陰] 蘿蔔
о́вощи	[複] 蔬菜
огуре́ц	[陽] 黃瓜
пе́рец	[陽] 椒類
свёкла	[陰] 甜菜
ты́ква	[陰] 南瓜
чесно́к	[陽] 蒜頭

анана́с	[陽] 鳳梨
апельси́н	[陽] 柳橙
арбу́з	[陽] 西瓜
бана́н	[陽] 香蕉
виногра́д	[陽] 葡萄
ви́шня	[陰] 櫻桃
гру́ша	[陰] 西洋梨
лимо́н	[陽] 檸檬
пе́рсик	[陽] 桃子
я́блоко	[中] 蘋果

🪆 情境對話

請聽 MP3，並跟著一起念。

- Я́блоко там?	蘋果在那邊嗎？
- Да, я́блоко там.	是的，蘋果在那邊。
- Сле́ва капу́ста?	在左邊的是高麗菜嗎？
- Нет, сле́ва не капу́ста, а свёкла.	不是，在左邊的不是高麗菜，而是甜菜。

小叮嚀

- ✍ 在未帶疑問詞的問句中，語調需在要提問的詞上升，例如 Я́блоко та́м?（蘋果在那邊嗎？）。

- ✍ 肯定回答用 Да!（是的！），否定回答用 Нет!（不是！）。

- ✍ не（不）加在要否定的詞前面。

- ✍ сле́ва（在左邊）和 спра́ва（在右邊）皆表達位置，詢問時，用疑問代詞 где（在哪裡）提問。

🪆 小試身手

請看圖寫出俄語名稱。

1. Это не лук, а к_____.

2. Это не пе́рсик, а я_____.

3. Это не ты́ква, а а_____.

4. Это не огуре́ц, а п_____.

5. Это не морко́вь, а б_____.

今日成果驗收

一、請將聽到的單詞寫下來。　　　　　　　　🎧 MP3 113

1. _____

2. _____

3. _____

4. _____

5. _____

6. _____

7. _____

8. _____

9. _____

10. _____

二、請看圖寫出俄語名稱。

1. Это  _____, а э́то _____.

2.  _____ тут, а _____там.

3. Там _____?

4. Это _____?

5. Слéва _____, а спрáва ⌐‾‾‾¬ _____.

二、請將不同主題的單詞圈起來。

1. бумáга	каранда́ш	ковёр	лине́йка	сте́плер
2. ты́ква	кошелёк	бана́н	гру́ша	пе́рсик
3. па́па	сестра́	вну́чка	жена́	морко́вь
4. дя́дя	ла́мпа	стака́н	фотоаппара́т	ча́шка
5. балко́н	крова́ть	стена́	арбу́з	холоди́льник

文化分享　漫步莫斯科

莫斯科位於東歐平原，城市占地約 2,500 平方公里，人口約 1,200 萬人（2018 年統計），是俄羅斯最大的政治、經濟、工業與文化中心。

莫斯科於 1147 年首次出現在編年史上，因此該年被視為莫斯科建城年。來到市中心特維爾大街、莫斯科市政府對面的特維爾廣場上，可看到莫斯科建城者尤里‧多爾戈魯基大公駕馬英姿紀念碑。

沿著特維爾大街往南走到市區正中心，即是克里姆林宮（Кремль），這裡一邊是俄羅斯聯邦中央政府所在地，另一邊是對外開放的教堂與博物館區。在此可欣賞莫斯科歷史悠久、莊嚴壯麗的東正教教堂群以及廣場上最高的建築——伊凡大帝鐘樓，值得一看的還有轟立於鐘樓旁邊、造型獨特的炮王與鐘王。整個克里姆林宮是由紅磚城牆圍起來，城牆之間建有 20 座塔樓，其中最大的是救世主塔樓，每年跨年夜眾人群聚塔樓下，跟著頂端的自鳴鐘倒數。

從救世主塔樓走出來，即來到有美麗廣場之稱的紅場（Кра́сная пло́щадь），廣場面積為 24,750 平方公尺，自 15 世紀末起，這裡即是貿易集散地，至今每逢重要節日會在此舉辦慶祝盛會。站在長方形石磚鋪設而成的紅場上，面向北方，眼前紅色建築是國立歷史博物館，左邊是克里姆林宮與列寧墓，右邊是古姆百貨商場，後方是伊凡四世為紀念喀山戰役勝利，建於 16 世紀中葉的聖瓦西里大教堂。

想登高鳥瞰市景的話，務必來到麻雀山上的瞭望台。在此可遠眺莫斯科國際商務中心摩天高樓群、盧日尼基體育場，還有眼前波光粼粼、自西向東流貫市區的莫斯科河。轉過身即是蘇聯時期獨特風格的史達林式建築，也是俄羅斯高等教育重要學府——莫斯科國立大學（МГУ）的主要大樓。

莫斯科城慶日在每年 9 月第一或第二個星期六，城市變成大型嘉年華，晚上有煙火秀。莫斯科還有許多迷人景點與動人故事，無論何時來到這裡，總有令人驚喜的新發現、新感受。穿梭市區大街小巷，體驗歷史與現代相互激盪產生出的獨特氛圍，莫斯科值得一遊再遊！

第四天
Четвёртый день
....
認識俄語生活單詞（二）

今日學習內容

下列主題單詞與基本句型搭配用法

1. Проду́кты, напи́тки 食物飲料

2. Тра́нспорт, путеше́ствие 交通旅行

3. Ча́сти те́ла 身體部位

4. Коли́чественные числи́тельные (I) 數詞（一）

5. Коли́чественные числи́тельные (II) 數詞（二）

Что ты де́лаешь?
你在做什麼？

1. Проду́кты, напи́тки 食物飲料

主題單詞

請聽 MP3，並跟著一起念。　　　　　　　　　　🎧 MP3 114

колбаса́	[陰]	香腸
ку́рица	[陰]	雞、雞肉
ма́сло	[中]	油
моро́женое	[中]	冰淇淋
мя́со	[中]	肉
рис	[陽]	米、米飯
ры́ба	[陰]	魚
сала́т	[陽]	沙拉
сыр	[陽]	乳酪
хлеб	[陽]	麵包

вино́	[中]	葡萄酒
вода́	[陰]	水
во́дка	[陰]	伏特加
кефи́р	[陽]	酸奶
ко́фе	[陽]	咖啡
молоко́	[中]	牛奶
пи́во	[中]	啤酒
сок	[陽]	果汁
чай	[陽]	茶
шампа́нское	[中]	香檳

情境對話

請聽 MP3，並跟著一起念。

🎧 MP3 115

- Скажи́те, пожа́луйста, э́то ко́фе и́ли чай?	請問，這是咖啡還是茶？
- Это чай.	這是茶。
- А там сала́т и́ли хлеб?	而在那邊的是沙拉還是麵包？
- Там хлеб.	在那邊的是麵包。

小叮嚀

✎ 在一般場合開口詢問時，可先説 Скажи́те, пожа́луйста（請問）以喚起對方注意，並表示尊敬有禮。скажи́те 是動詞 сказа́ть（説）的命令式。

✎ и́ли（或者、還是）為連接詞。提問時，位於 и́ли 前的單詞語調需上升。

小試身手

請看圖回答問題。

1. - Там сала́т и́ли мя́со?　　- _____

2. - Это сыр и́ли хлеб?　　- _____

3. - Там сок и́ли вода́?　　- _____

4. - Тут ры́ба и́ли ку́рица?　- _____

5. - Это молоко́ и́ли моро́женое?　- _____

2. Трáнспорт, путешéствие 交通旅行

🪆主題單詞

請聽 MP3，並跟著一起念。　　　　　　　　🎧MP3 116

автóбус	［陽］公車、遊覽車
велосипéд	［陽］腳踏車
корáбль	［陽］船
маши́на	［陰］車子
метрó	［中］地鐵
пóезд	［陽］火車
самолёт	［陽］飛機
такси́	［中］計程車
трамвáй	［陽］有軌電車
троллéйбус	［陽］無軌電車

аэропóрт	［陽］機場
вокзáл	［陽］車站
останóвка	［陰］（公車）站牌、車站

билéт	［陽］票、證
ви́за	［陰］簽證
гости́ница	［陰］旅館
кáрта	［陰］地圖
кáсса	［陰］售票口、售票處
пáспорт	［陽］護照
чемодáн	［陽］行李箱

🪆 情境對話

請聽 MP3，並跟著一起念。　　　　　　　　　　　🎧 MP3 117

- Вы не зна́ете, где здесь остано́вка?	您知不知道，這附近的站牌在哪裡？
- Вот она́, недалеко́.	瞧，它在那，不遠處。
- Вокза́л то́же недалеко́?	車站也不遠嗎？
- Он далеко́.	它很遠。

小叮嚀

✍ 開口詢問前，除了可說 Скажи́те, пожа́луйста（請問）之外，也可說 Вы не зна́ете（您知不知道）或是 Ты не зна́ешь（你知不知道），此兩句中的 не 是讓表達更委婉、有禮貌。зна́ете 與 зна́ешь 分別是動詞 знать（知道）的複數與單數第二人稱形式。

✍ вот（這就是）為指示語氣詞，用於引起對方注意。

✍ 本書第 18 頁曾提到名詞陽、中、陰性分辨方式，陽性名詞（例如 вокза́л）可用人稱代詞 он 代替，陰性名稱（例如 остано́вка）可用人稱代詞 она́ 代替。

✍ далеко́（遠）和 недалеко́（不遠）皆表達位置，用疑問代詞 где（在哪裡）提問。

🪆 小試身手

請看圖寫出俄語名稱。

1. _____

2. _____

3. _____

4. _____

5. _____

111

3. Ча́сти те́ла 身體部位

🪆主題單詞

請聽 MP3，並跟著一起念。 🎧 MP3 118

во́лос	[陽]	毛髮
во́лосы	[複]	
глаз	[陽]	眼睛
глаза́	[複]	
голова́	[陰]	頭
го́рло	[中]	喉嚨
зуб	[陽]	牙齒
зу́бы	[複]	
лицо́	[中]	臉
лоб	[陽]	額頭
нога́	[陰]	腳
но́ги	[複]	
нос	[陽]	鼻子
па́лец	[陽]	指頭
па́льцы	[複]	
рот	[陽]	嘴
рука́	[陰]	手
ру́ки	[複]	
у́хо	[中]	耳朵
у́ши	[複]	

🪆情境對話

請聽 MP3，並跟著一起念。　　　　　　　　　　　🎧 MP3 119

- Антóн, что случи́лось?	安東，怎麼了？
- У меня́ боли́т голова́.	我頭痛。
- Андрéй, у тебя́ тóже боли́т голова́?	安德烈，你也頭痛嗎？
- Нет, у меня́ боля́т зу́бы.	不，我牙齒痛。

小叮嚀

🎵 表達身體某部位正在疼痛時，可用動詞 боле́ть 現在時，疼痛部位為單數時動詞用 боли́т，複數時動詞則用 боля́т。

🎵 在上述句型中，表達「我（哪裡痛）」用 у меня́，「你、妳（哪裡痛）」用 у тебя́。

🪆小試身手

請看圖寫出俄語名稱。

1. _____ _____

2. _____ _____

3. _____ _____

4. _____ _____

5. _____ _____

4. Коли́чественные числи́тельные (I)
數詞（一）

🪆 主題單詞

請聽 MP3，並跟著一起念。　　　　　　　　　　　🎧 MP3 120

ноль	0		
оди́н	1	оди́ннадцать	11
два	2	двена́дцать	12
три	3	трина́дцать	13
четы́ре	4	четы́рнадцать	14
пять	5	пятна́дцать	15
шесть	6	шестна́дцать	16
семь	7	семна́дцать	17
во́семь	8	восемна́дцать	18
де́вять	9	девятна́дцать	19
де́сять	10		

小叮嚀

✍ оди́ннадцать（11）至 девятна́дцать（19）中的 д 不發音。

🎎 情境對話

請聽 MP3，並跟著一起念。　　　　　　　　　　🎧 MP3 121

- Какóй э́то нóмер?	這是幾號？
- Это нóмер пять.	這是 5 號。
- А э́то оди́н и́ли семь?	而這是 1 還是 7？
- Это семь.	這是 7。

小叮嚀

♪ оди́н（1）有陽、中、陰性與複數形式。
後面接的名詞為陽性時，用 оди́н，例如 оди́н дом（一棟房子）；
後面接的名詞為陰性時，用 одна́，例如 одна́ кни́га（一本書）；
後面接的名詞為中性時，用 одно́，例如 одно́ окно́（一扇窗）；
後面接的名詞為複數時，用 одни́，例如 одни́ очки́（一副眼鏡）。

♪ два（2）有陽性和陰性形式。
後面接的名詞為陽性和中性時，用 два，例如 два до́ма（兩棟房子）、
два окна́（兩扇窗）；
後面接的名詞為陰性時，用 две，例如 две кни́ги（兩本書）。

♪ 俄語數詞書寫法：

1234567890

🎎 小試身手

請寫出俄語數詞。

1. 6 ＿＿＿＿＿＿＿＿＿＿＿　　4. 10 ＿＿＿＿＿＿＿＿＿＿＿

2. 9 ＿＿＿＿＿＿＿＿＿＿＿　　5. 13 ＿＿＿＿＿＿＿＿＿＿＿

3. 7 ＿＿＿＿＿＿＿＿＿＿＿

5. Коли́чественные числи́тельные (II)
數詞（二）

🪆 主題單詞

請聽 MP3，並跟著一起念。　　　　　　　　　🎧 MP3 122

два́дцать	20	две́сти	200
три́дцать	30	три́ста	300
со́рок	40	четы́реста	400
пятьдеся́т	50	пятьсо́т	500
шестьдеся́т	60	шестьсо́т	600
се́мьдесят	70	семьсо́т	700
во́семьдесят	80	восемьсо́т	800
девяно́сто	90	девятьсо́т	900
сто	100	ты́сяча	1000

小叮嚀

✐ два́дцать（20）與три́дцать（30）中的 д 不發音。

🪆情境對話

請聽 MP3，並跟著一起念。

🎧 MP3 123

- У тебя́ до́ма есть телефо́н?	你家裡有電話嗎？
- Коне́чно, есть.	當然有。
- Како́й твой но́мер телефо́на?	你的電話號碼是幾號？
- две́сти три́дцать четы́ре шестьдеся́т два со́рок во́семь.	234-62-48。

第四天
Четвёртый день

小叮嚀

✎ 俄語電話號碼表達方式與中文不同，通常會三位數或兩位數表達，而不是個位數一個一個數字單獨念。

🪆小試身手

請說一說他們的電話號碼。

1.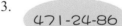
   358-34-45

2. 792-13-67

3. 471-24-86

今日成果驗收

一、請將聽到的單詞寫下來。　　　　　🎧 MP3 124

1. _____

2. _____

3. _____

4. _____

5. _____

6. _____

7. _____

8. _____

9. _____

10. _____

二、請看圖寫出俄語名稱。

1. Это  _____ и́ли _____ ?

2. У меня́ боля́т _____ .

3. Скажи́те, пожа́луйста, там _____ ?

4. Где _____ и _____ ?

5. _____ то́же сле́ва.

三、請按照中文提示找出俄語名稱。

1. 頭
2. 西洋梨
3. 魚
4. 床
5. 車子
6. 女兒
7. 燈
8. 牆壁

г	н	г	л	ф	я	ш	к	л	я	к
о	г	т	д	й	г	ж	р	ы	б	а
а	о	а	ю	м	о	м	о	й	я	ч
п	л	л	а	м	п	а	в	ц	д	с
у	о	й	г	р	у	ш	а	к	о	м
н	в	п	й	ц	в	и	т	т	ч	щ
ф	а	з	ф	ы	с	н	ь	ъ	ь	г
и	ь	с	т	е	н	а	х	о	й	н
в	ч	ю	ы	р	ш	ж	ь	в	у	а
ц	я	с	у	ф	п	х	я	т	с	б

文化分享 走在彼得堡街頭

聖彼得堡是俄羅斯北方主要工商文化大城，簡稱彼得堡，城市面積約 1,400 平方公里，人口約 535 萬人（2018 年統計）。由彼得一世於 1703 年下令仿歐洲城市興建。現今每年 5 月 27 日彼得堡慶祝建城日。

彼得堡被稱為「北方威尼斯」，因為它是一座建在沼澤上的城市，市區大小河道遍布，特色橋樑林立。主要河道是源於拉多加湖、往西流入芬蘭灣的涅瓦河（Невá）。在這裡不僅可搭船享受城市美景，夏季白夜（指太陽在晚上時依然高掛天空）在河邊欣賞開橋、船隻駛向港岸的景象也別有風味。

位於城市西邊、涅瓦河上的兔子島是彼得堡的發跡地，島上建有彼得保羅要塞，現今這裡是教堂與博物館。往市中心樞密院廣場眺望，可見到彼得大帝騎著駿馬守護城市，這是由凱薩琳大帝下令建造，於 1782 年落成的彼得大帝青銅騎士雕像。詩人普希金（А. С. Пýшкин）曾以長詩《青銅騎士》歌頌，許多彼得堡新人們在新婚登記完後，也會與親友們來此照相慶賀。

來到彼得堡市中心的宮殿廣場上，可看見矗立於廣場中央的亞歷山大柱，其建於 1834 年，是尼古拉一世為了紀念兄長亞歷山大一世戰勝拿破崙而設立。位於宮殿廣場上、涅瓦河畔的冬宮博物館（Эрмитáж），最初於 1764 年是做為凱薩琳大帝私人展品收藏空間，1852 年對外開放。目前館內收藏品將近 300 萬件，包括海內外知名藝術家的造型藝術與實用藝術作品，以及古錢幣、考古文物與兵器等。

彼得堡城市像是一座大型露天文化園區，大街小巷中隨處可見博物館、教堂、名人故居與紀念碑。這也是一座充滿文學氣息的城市，除了有普希金、杜斯妥也夫斯基（Ф. М. Достоéвский）、納博科夫（В. В. Набóков）、阿赫瑪托娃（А. А. Ахмáтова）等俄羅斯著名作家與詩人的故居博物館，許多文藝創作也是以城市為故事發生地，例如果戈里（Н. В. Гóголь）的小説、與橫貫彼得堡市區最主要街道同名的《涅瓦大街》，以及杜斯妥也夫斯基的《罪與罰》。走在彼得堡街頭，實地感受文學與生活結合之美吧！

第五天

Пя́тый день

....

用俄語寒暄問候

今日學習內容

下列用語在各種場合的使用方法

1. Приве́тствие 招呼

2. Встре́ча 見面

3. Благода́рность 感謝

4. Извине́ние 道歉

5. Проща́ние 道別

Что но́вого?
有什麼新鮮事呢？

第五天
Пя́тый день

1. Приве́тствие 招呼

🪆 情境對話

請聽 MP3，並跟著一起念。

正式場合	🎧 MP3 125
- Здра́вствуйте, Анна Андре́евна!	您好，安娜‧安德烈耶夫娜！
- До́брый день, Ива́н Ива́нович!	您好，伊凡‧伊凡諾維奇！

非正式場合	🎧 MP3 126
- Приве́т, Са́ша!	嗨，薩沙！
- До́брый ве́чер, Та́ня!	晚上好，塔妮婭！

久未見面時	🎧 MP3 127
- Приве́т, Ди́ма! Ско́лько лет, ско́лько зим!	嗨，季馬！好久不見！
- Приве́т, Ира! Я рад тебя́ ви́деть!	嗨，伊拉！我很高興看見妳。

小叮嚀

- здра́вствуйте 中的第一個 в 不發音。
- рад（高興）在句子中需跟著主語改變詞尾：

  主語為陽性：Анто́н рад тебя́ ви́деть. 安東很高興看見你。

  主語為陰性：Анна ра́да тебя́ ви́деть. 安娜很高興看見你。

  主語為複數：Мы ра́ды тебя́ ви́деть. 我們很高興看見你。

🪆 常用語句

請聽 MP3，並跟著一起念。　　　　　　　　　🎧 MP3 128

Здра́вствуйте! 您好！你們好！	用於正式場合，向長官、長輩、不熟識者，或是向多人打招呼時。
Здра́вствуй! 你好！	較 приве́т 正式。
Приве́т! 嗨！	用於非正式場合，向平輩、親友，或是熟識者打招呼時。
До́брое у́тро! 早安！	早上見面時的招呼用語。
До́брый день! 午安！你好！	中午或白天見面時的招呼用語。
До́брый ве́чер! 晚上好！	晚上見面時的招呼用語。
Ско́лько лет, ско́лько зим. 好久不見。	久未見面時的招呼用語。

🪆 小試身手

請按照提示詞，練習用俄語打招呼。

- З＿＿＿＿＿＿＿＿＿＿＿＿＿！您好！
- Д＿＿＿＿＿＿＿＿＿＿ д＿＿＿＿＿＿＿＿＿＿＿！午安！

2. Встре́ча 見面

情境對話

請聽 MP3，並跟著一起念。

正式場合　　　　　　　　　　　　　　　　🎧 MP3 129

- Здра́вствуйте, Серге́й Анто́нович! Как Вы пожива́ете?	您好，謝爾蓋·安東諾維奇！您最近如何呢？
- Спаси́бо, хорошо́.	謝謝，很好。

非正式場合　　　　　　　　　　　　　　　🎧 MP3 130

- Как дела́, Ива́н?	你好嗎，伊凡？
- Норма́льно, спаси́бо.	普通，謝謝。

反問對方　　　　　　　　　　　　　　　　🎧 MP3 131

- Как твои́ дела́?	你好嗎？
- Хорошо́. А твои́?	很好。那你呢？
- Непло́хо.	不差。

小叮嚀

🎵 用俄語交際時，需注意 Вы（您）與 ты（你）的用法。在正式場合、對長輩、不認識的人，需用 Вы 尊稱對方。在非正式場合、親朋好友、熟識的人之間，可以用 ты 稱呼對方。

🪆常用語句

請聽 MP3，並跟著一起念。 🎧 MP3 132

Как ва́ши дела́? 您好嗎？	用於正式場合，與長官、長輩見面寒暄時用。
Как Вы пожива́ете? 您最近如何呢？	
Как твои́ дела́? 你好嗎？	用於非正式場合，與平輩、親友，或是熟識者見面寒暄時用。
Как дела́? 你好嗎？	

Отли́чно. 棒極了。	
Хорошо́. 很好。	
Норма́льно. 普通。	
Непло́хо. 不差。	回覆對方寒暄時用。
Ничего́. 還好。（г 發 [v] 的音）	
Так себе́. 還可以。	
Пло́хо. 遭透了。	

🪆小試身手

請按照提示詞，練習用俄語打招呼與問候對方。

- П_____! 嗨！
- П_____! К_____ твои́ д_____?
  嗨！你好嗎？
- С_____, х_____. А твои́? 謝謝，很好。那你呢？
- Но_____. 普通。

3. Благода́рность 感謝

情境對話

請聽 MP3，並跟著一起念。

正式場合	🎧 MP3 133
- Благодарю́ Вас за по́мощь.	感謝您的幫助。
- Пожа́луйста.	不客氣。

非正式場合	🎧 MP3 134
- Ма́ша, мо́жно каранда́ш?	瑪莎，可以借鉛筆嗎？
- Да, пожа́луйста.	可以，請拿去。
- Спаси́бо.	謝謝。
- Не́ за что.	不謝。

一般場合	🎧 MP3 135
- Вот э́то Ваш биле́т.	這是您的票。
- Спаси́бо.	謝謝。
- Пожа́луйста.	不客氣。

小叮嚀

🎵 語氣詞 пожа́луйста 可表達「請」，例如 Сади́тесь, пожа́луйста!（請坐下！）、Посмотри́те, пожа́луйста!（請看！）。也可表達「不客氣」，例如對方說 Спаси́бо（謝謝），可回答 Пожа́луйста。

🪆常用語句

請聽 MP3，並跟著一起念。

Спаси́бо. 謝謝。	最普遍的表達感謝用語。
Большо́е спаси́бо. 非常感謝。	形容詞 большо́й 有「大的、極大的、重要的」等意思。表達非常感謝時，用此形容詞的中性形式 большо́е。
Благодарю́ Вас. （我）感謝您。	Благодарю́ 是動詞 благодари́ть 第一人稱單數形式，有「感謝、致謝」等意思，後面接感謝對象名稱的受詞形式（即第四格）。本句中的人稱代詞 Вас 是 Вы（您）的第四格形式。
Пожа́луйста. 不客氣。	在正式場合中，答覆對方的感謝時用。
Не́ за что. 不謝。	在非正式場合中，答覆對方的感謝時用。

第五天
Пятый день

🪆小試身手

請按照提示詞，練習用俄語感謝對方。

- Скажи́те, пожа́луйста, где Не́вский проспе́кт?
  請問涅瓦大街在哪裡？

- Там, спра́ва. 在那邊，右邊。

- С_____. 謝謝。

- П_____. 不客氣。

4. Извине́ние 道歉

🪆情境對話

請聽 MP3，並跟著一起念。

正式場合 　　　　　　　　　　　　　　🎧 MP3 137

| - Извини́те, пожа́луйста. | 對不起。 |
| - Ничего́. Не беспоко́йтесь. | 沒關係。（您）別擔心。 |

非正式場合 　　　　　　　　　　　　　🎧 MP3 138

| - Анто́н, прости́, я опозда́л. | 安東，請原諒，我遲到了。 |
| - Ничего́ стра́шного. | 沒關係，這沒什麼大不了的。 |

一般場合 　　　　　　　　　　　　　　🎧 MP3 139

| - Извини́те, скажи́те, пожа́луйста, где Большо́й теа́тр? | 不好意思，請問大劇院在哪裡？ |
| - Прости́те, я то́же не зна́ю. | 抱歉，我也不知道。 |

> **小叮嚀**
>
> ♪ извини́те 與 прости́те 兩者詞義相近，但後者表達較強烈的歉意，有請求原諒之意。

🪆 常用語句

請聽 MP3，並跟著一起念。

Извини́те, пожа́луйста. 對不起。／不好意思。	用於正式或一般場合。在非正式，平輩、親友，或是熟識者之間可說 **Извини́**。
Прости́те, пожа́луйста. 抱歉。／請原諒。	用於正式或一般場合。在非正式，平輩、親友，或是熟識者之間可說 **Прости́**。
Прошу́ проще́ния. 請求諒解。	在正式場合，表達歉意時用。
Не беспоко́йтесь. 您別擔心。	
Ничего́. 沒關係、不要緊。	回覆對方歉意時用。
Ничего́ стра́шного. 沒關係，這沒什麼大不了的。	

🪆 小試身手

請按照提示詞，練習用俄語表達歉意。

В кинотеа́тре. 在電影院裡。

- И_____! Это ва́ше ме́сто?

  不好意思，這是您的位子嗎？

- Ой! Нет. П_____. 噢！不是。抱歉。

- Н_____. 沒關係。

5. Проща́ние 道別

🪆情境對話

請聽 MP3，並跟著一起念。

正式場合　　　　　　　　　　　　　🎧 MP3 141

- Друзья́, до свида́ния!　　　朋友們，再見！

- До свида́ния!　　　　　　　再見！

非正式場合　　　　　　　　　　　　🎧 MP3 142

- Пока́, Та́ня!　　　　　　　掰掰，塔妮婭！

- Всего́ до́брого!　　　　　　祝一切安好！

祝對方遠行路途平安順利　　　　　　🎧 MP3 143

- Ива́н, счастли́вого пути́!　伊凡，祝你一路順風！

- Спаси́бо. До встре́чи!　　謝謝。下次見！

小叮嚀

🎵 請注意底線部分的發音：

До свида́ния（再見）、До за́втра（明天見）、До встре́чи（下次見）：
До 發 [da] 的音。

Всего́ до́брого（祝一切安好）：г 發 [v] 的音。

Счастли́вого пути́（祝一路順風）：第一個字的發音是 [schislivava]

🪆 常用語句

請聽 MP3，並跟著一起念。　　　　　　　　　　　🎧 MP3 144

До свида́ния! 再見！	用於正式場合，向長官、長輩，或是不熟識者道別時。
Пока́! 掰掰！	用於非正式場合，向平輩、親友，或是熟識者道別時。
До за́втра! 明天見！	за́втра [副] 明天
До встре́чи! 下次見！	встре́ча [陰] 會面、會晤（在句中該詞詞尾變成 -и 是第二格形式）。
Всего́ до́брого! 祝一切安好！	也可說 Всего́ хоро́шего!，皆有願一切安好、順利之意。
Счастли́вого пути́! 一路順風！	用於對方將遠行時。
Споко́йной но́чи! 晚安！	用於夜晚或睡前時。

第五天
Пятый день

🪆 小試身手

請按照提示詞，練習用俄語表達告別。

- До с_____, Ива́н Петро́вич!

　再見，伊凡・彼得羅維奇！

- До с_____! В_____ д_____!

　再見！祝一切安好！

今日成果驗收

一、請將聽到的句子寫下來。　　　　　　　　　🎧 MP3 145

1. _____

2. _____

3. _____

4. _____

5. _____

二、請聽問句，並選擇適合語意的答句。　　　　🎧 MP3 146

1. (　　)　(1) - Пло́хо.

　　　　　(2) - Не́ за что.

　　　　　(3) - Ничего́.

2. (　　)　(1) - Пожа́луйста.

　　　　　(2) - До за́втра.

　　　　　(3) - До́брый ве́чер!

3. (　　)　(1) - Спаси́бо.

　　　　　(2) - Приве́т!

　　　　　(3) - Всего́ до́брого!

1.

- Дóбрый _____, Сергéй!

- _____, Сáша! Как _____ делá?

- Хорошó, спасибо. А _____?

- _____.

2.

- _____, пожáлуйста! Где молокó?

- Молокó там.

- Большóе _____.

- _____.

文化分享　特列季亞科夫美術館

　　走在莫斯科街頭，來到市區南邊的拉弗魯申斯基胡同，可看到一棟俄式圓頂、棕白相間外牆的建築，這是國立特列季亞科夫美術館（Госуда́рственная Третьяко́вская галере́я）本館。位於館前廣場中央的是創館者，也是 19 世紀俄羅斯知名商人兼藝術品收藏家帕維爾・特列季亞科夫（П. М. Третьяко́в）的雕像。

　　美術館創立於 1856 年，館內收藏特列季亞科夫兄弟精心挑選收購的俄羅斯藝術家經典作品。1892 年特列季亞科夫將館內 2 千多幅藝術品捐贈給莫斯科市。1917 年俄國革命後，美術館成為國家資產。現今是俄羅斯主要文化機構，具有典藏、展示、修復、研究與教育等功能。

　　「本館」主要展示俄羅斯 11 至 20 世紀初藝術作品，展品依創作年代順序分別陳列於 62 個展廳中。館藏最大的畫作是伊凡諾夫（А. А. Ива́нов）的〈基督在人間〉，作品長 5.4 公尺，寬 7.5 公尺。在這裡還可以欣賞安德烈・魯布廖夫（Андре́й Рублёв）於 15 世紀初創作的聖像畫〈三位一體〉。除此之外，美術館還收藏俄羅斯抒情風景畫創立者薩伏拉索夫（А. К. Савра́сов）於 1871 年創作的〈烏鴉飛來了〉，這可算是俄羅斯第一幅風景畫。

　　除了本館外，特列季亞科夫美術館還有三座分館，一座是位於本館旁的「工程館」，主要為展覽廳、會議廳、演講廳，以及兒童創作工作室。另一座是位於小托爾瑪喬夫胡同的「托瑪奇街聖尼古拉教堂」，教堂本身是建於 17 世紀的歷史建築，現為教堂博物館，收藏 16 至 19 世紀聖像畫。想欣賞 20 世紀俄羅斯藝術作品，就要到位於克里木牆街的「新館」，這裡有自 1910 年代俄羅斯先鋒派至當代藝術家的作品。

　　有機會來到特列季亞科夫美術館，不妨參加團體導覽，在專業導覽員的帶領解說中，瞭解創作背景，感受作品內涵，細細品味俄羅斯藝術經典吧！

第六天

Шестóй день

················

用俄語介紹自己與他人

今日學習內容

下列情境表達方式與基本語法

1. Меня́ зову́т Никола́й. 我叫尼古拉。

   人稱代詞第四格

2. Никола́й ру́сский. 尼古拉是俄羅斯人。

   人稱代詞第一格

3. Никола́й студе́нт. 尼古拉是大學生。

   名詞的數

Всё бу́дет хорошо́!
一切都會好的！

4. Это мой оте́ц и моя́ мать. 這是我的父親和我的母親。

   物主代詞

5. Это большо́й и но́вый дом. 這是大又新的房子。

   形容詞

今日對話

維克多與塔季婭娜初次見面，請聽 MP3，瞭解他們如何介紹自己。 🎧 MP3 148

Вúктор: Здрáвствуйте!

Татья́на: Здрáвствуйте!

Вúктор: Давáйте познакóмимся. Меня́ зовýт Вúктор. Как Вас зовýт?

Татья́на: Меня́ зовýт Татья́на.

Вúктор: Óчень прия́тно. Татья́на, кто Вы?

Татья́на: Я врач. А Вы?

Вúктор: Я инженéр. Вы америкáнка?

Татья́на: Да, я америкáнка. Мой роднóй гóрод Чикáго.

Вúктор: А мой роднóй гóрод Москвá.

Татья́на: Москвá – большóй и красúвый гóрод.

小叮嚀

☞ Давáйте познакóмимся.（讓我們認識一下。）用於初次見面、介紹自己名字之前，以喚起對方注意。

☞ 用俄語介紹名字時，一般常用的句型是「Меня́ зовýт + 名字」，此句直譯是「（人們）稱我為……」。зовýт 是動詞 звать（稱、叫）現在時第三人稱複數形式。меня́ 是人稱代詞 я 第四格形式，在此句中當受詞。關於第四格的介紹，請見第 140 頁「語法筆記：人稱代詞第四格」。

☞ 對方介紹完名字後，可以說 Óчень прия́тно!，表達很高興認識對方。

維克多： 您好！

塔季婭娜： 您好！

維克多： 讓我們認識一下。我名字叫維克多。您叫什麼名字？

塔季婭娜： 我名字叫塔季婭娜。

維克多： 很高興認識您。塔季婭娜，您是做什麼的？

塔季婭娜： 我是醫生。那您呢？

維克多： 我是工程師。您是美國人嗎？

塔季婭娜： 是的，我是美國人。我的家鄉是芝加哥。

維克多： 而我的家鄉是莫斯科。

塔季婭娜： 莫斯科是大又美麗的城市。

1. Меня́ зову́т Никола́й.
我叫尼古拉。

情境對話

請聽 MP3，並跟著一起念。

1.   🎧 MP3 149

| - Как Вас зову́т? | 您叫什麼名字？ |
| - Меня́ зову́т Никола́й. | 我叫尼古拉。 |

2.   🎧 MP3 150

| - Тебя́ зову́т Са́ша? | 你叫薩沙嗎？ |
| - Нет, меня́ зову́т Ди́ма. | 不是，我叫季馬。 |

3.   🎧 MP3 151

- Кто э́то?	這是誰？
- Это Лу́кас.	這是盧卡斯。
- А э́то?	而這位呢？
- А э́то Ли́нда.	而這位是琳達。

🪆主題單詞：Именá 名字

請聽 MP3，並跟著一起念。

Мужскúе именá 男子名　🎧 MP3 152

全名	小名	
Алексáндр	Сáша	亞歷山大
Антóн	Антóша	安東
Владúмир	Волóдя	弗拉基米爾
Дмúтрий	Дúма	德米特里
Евгéний	Жéня	葉甫蓋尼
Ивáн	Вáня	伊凡
Михайл	Мúша	米哈伊爾
Николáй	Кóля	尼古拉
Пётр	Пéтя	彼得
Юрий	Юра	尤里

Жéнские именá 女子名　🎧 MP3 153

全名	小名	
Алексáндра	Сáша	亞歷山德拉
Анна	Аня	安娜
Екатерúна	Кáтя	葉卡捷琳娜
Елéна	Лéна	葉蓮娜
Ирúна	Ира	伊琳娜
Марúя	Мáша	瑪莉婭
Надéжда	Нáдя	娜捷日達
Натáлья	Натáша	娜塔莉婭
Татья́на	Тáня	塔季婭娜
Юлия	Юля	尤莉婭

🪆 語法筆記：人稱代詞第四格

♪ 俄語人稱代詞除了有第一、二、三人稱與單、複數形式，還有「格」的變化。不同的格在句中有不同的功能。

♪ 下表所列的是「人稱代詞第四格」形式，例句是表達人名的句型，人稱代詞第四格是當動詞 зову́т（稱、叫，原形為 звать）的受詞。

	第四格	例句
我	меня́	Меня́ зову́т Жан. 我叫讓。
你、妳	тебя́	Тебя́ зову́т Том? 你叫湯姆嗎？
他	его́	Его́ зову́т Макси́м. 他叫馬克西姆。
她	её	Её зову́т Юлия. 她叫尤莉婭。
我們	нас	Нас зову́т Никола́й и Ольга. 我們叫尼古拉和奧莉加。
你們、您	вас, Вас	Вас зову́т Дми́трий Алекса́ндрович? 您叫德米特里・亞歷山德羅維奇嗎？
他們	их	Их зову́т Влади́мир и Татья́на. 他們叫弗拉基米爾和塔季婭娜。

小叮嚀

- ♪ 俄羅斯人的姓名由「名字‧父名‧姓氏」組成，例如 Ивáн Алексáндрович Антóнов（伊凡‧亞歷山德羅維奇‧安東諾夫），Алексáндрович 的組成方式是 Ивáн 的父親名字 Алексáндр 加上 ович。
- ♪ 在正式場合或晚輩對長輩時，需稱呼其「名字‧父名」，例如 Ивáн Сергéевич。在非正式場合，平輩與熟識者之間，可稱呼「名字」或「小名」，例如 Ивáн 或 Вáня。

小試身手

請按照對話內容，寫出人稱代詞第四格正確形式。

Алексáндр : Скажи́те, пожáлуйста, как _____ зовýт?

Ивáн   : _____ зовýт Ивáн. А _____?

Алексáндр : _____ зовýт Алексáндр. Вы не знáете,

                     как _____ зовýт?

Ивáн   : _____ зовýт Антóн, а _____ зовýт Анна.

141

2. Николáй рýсский.
尼古拉是俄羅斯人。

🪆 情境對話

請聽 MP3，並跟著一起念。

1.

🎧 MP3 154

| - Николáй рýсский? | 尼古拉是俄羅斯人嗎？ |
| - Да, он рýсский. | 是的，他是俄羅斯人。 |

2.

🎧 MP3 155

| - Клáра американка? | 克拉拉是美國人嗎？ |
| - Нет, онá францýженка. | 不是，她是法國人。 |

3.

🎧 MP3 156

- Лýкас англичáнин?	盧卡斯是英國人嗎？
- Нет, он нéмец.	不是，他是德國人。
- А Лúнда?	那琳達呢？
- Онá нéмка.	她是德國人。

🪆 主題單詞：Стра́ны и наро́ды 國家人民

請聽 MP3，並跟著一起念。　　　　　　　　　　🎧 MP3 157

Аме́рика	[陰] 美國
америка́нец	[陽]
америка́нка	[陰] 美國人

Англия	[陰] 英國
англича́нин	[陽]
англича́нка	[陰] 英國人

Герма́ния	[陰] 德國
не́мец	[陽]
не́мка	[陰] 德國人

Испа́ния	[陰] 西班牙
испа́нец	[陽]
испа́нка	[陰] 西班牙人

Кита́й	[陽] 中國
кита́ец	[陽]
китая́нка	[陰] 中國人

Коре́я	[陰] 韓國
коре́ец	[陽]
коре́янка	[陰] 韓國人

Росси́я	[陰] 俄羅斯
ру́сский	[陽]
ру́сская	[陰] 俄羅斯人

Тайва́нь	[陽] 臺灣
тайва́нец	[陽]
тайва́нька	[陰] 臺灣人

Фра́нция	[陰] 法國
францу́з	[陽]
францу́женка	[陰] 法國人

Япо́ния	[陰] 日本
япо́нец	[陽]
япо́нка	[陰] 日本人

第六天
Шестóй день

143

第六天
Шестóй день

🪆語法筆記：人稱代詞第一格

🎵 俄語人稱代詞「第一格」在句子中當「主語」，有第一、二、三人稱，以及單、複數形式。請看下表：

	第一格	例句
我	я	Я францýз. 我是法國人。
你、妳	ты	Ты англичáнин? 你是英國人嗎？
他	он	Он америкáнец. 他是美國人。
她	онá	Онá рýсская. 她是俄羅斯人。
我們	мы	Мы рýсские. 我們是俄羅斯人。 （рýсские 是 рýсский 複數形式）
你們、您	вы, Вы	Вы рýсский? 您是俄羅斯人嗎？
他們	они́	Они́ тóже рýсские. 他們也是俄羅斯人。

🎵 第一人稱單數 я（我）在句首需大寫，在句中用小寫。第二人稱單數 ты 可表示「你」或「妳」。第二人稱複數 вы 可表示「你們」或「您」。正式文件中，用大寫 В 寫成 Вы 表示尊敬。

🎵 第三人稱有陽、中、陰性形式，分別是 он（他、它）、онá（她、它）、онó（它）。

小試身手

請按照句子意思，將人稱代詞正確形式圈起來。

1. Как <u>тебя</u> / ты зову́т?

2. <u>Его́</u> / Он япо́нец.

3. - Как её / она́ зову́т?

   - На́дя.

   - <u>Её</u> / Она́ ру́сская?

   - Да, коне́чно.

4. Скажи́те, пожа́луйста, <u>Вас</u> / Вы америка́нец?

5. Это не́мец и францу́з. <u>Их</u> / Они́ зову́т Па́вел и Жан.

3. Николáй студéнт.
尼古拉是大學生。

情境對話

請聽 MP3，並跟著一起念。

1.　　　　　　　　　　　　　　　　　　🎧 MP3 158

- Кто Николáй?　　　　　　　　　尼古拉是做什麼的？

- Он студéнт.　　　　　　　　　　他是大學生。

2.　　　　　　　　　　　　　　　　　　🎧 MP3 159

- Сáша и Анна тóже студéнты?　　薩沙和安娜也是大學生嗎？

- Нет, они́ не студéнты.　　　　　不是，他們不是大學生。
  Они́ шкóльники.　　　　　　　　他們是中學生。

3.　　　　　　　　　　　　　　　　　　🎧 MP3 160

- Лýкас инженéр?　　　　　　　　盧卡斯是工程師嗎？

- Нет, он журнали́ст.　　　　　　不是，他是新聞工作者。

- А Ли́нда?　　　　　　　　　　　那琳達呢？

- Онá секретáрь.　　　　　　　　她是祕書。

小叮嚀

✐ 介紹某人職業時，可用人名或人稱代詞第一格加職業名稱。詢問對方從事
　 什麼職業，用疑問代詞 кто（誰）。例如：

　　- Кто Андрéй? 安德烈是做什麼的？

　　- Он музыкáнт. 他是音樂工作者。

🪆主題單詞：**Профéссия** 職業

請聽 MP3，並跟著一起念。　　　　　　　　　🎧MP3 **161**

артúст	［陽］	演員
артúстка	［陰］	
бизнесмéн	［陽］	商人
врач	［陽］	醫生
журналúст	［陽］	新聞工作者
журналúстка	［陰］	
инженéр	［陽］	工程師
композúтор	［陽］	作曲家
медсестрá	［陰］	護士
мéнеджер	［陽］	經理
музыкáнт	［陽］	音樂工作者
преподавáтель	［陽］	教師
спортсмéн	［陽］	運動員
спортсмéнка	［陰］	
студéнт	［陽］	大學生
студéнтка	［陰］	
учúтель	［陽］	（中、小學）老師
худóжник	［陽］	畫家
шкóльник	［陽］	（中、小學）學生
шкóльница	［陰］	

小叮嚀

♪ 有些職業名稱有陽、陰性之分，例如：

　Он артúст. Онá артúстка. 他是演員。她是演員。

♪ 有些職業名稱陽、陰性共用，例如：

　Он инженéр. Онá инженéр. 他是工程師。她是工程師。

第六天
Шестóй день

🪆 語法筆記：名詞的數

♪ 俄語名詞可分為單、複數，變化時，需先確認名詞的性（參見第 18 頁），再依照規則變化。變化時，須將原本單數的詞尾去除掉，加上複數的詞尾。請看下表：

數	單數		複數	
性	詞尾	例詞	詞尾	例詞
陽性	- 子音	студéнт　大學生	-ы	студéнты
	-й	музéй　博物館	-и	музéи
	-ь	писáтель　作家	-и	писáтели
中性	-о	окнó　窗戶	-а	óкна
	-е	здáние　建築物	-я	здáния
陰性	-а	газéта　報紙	-ы	газéты
	-я	семья́　家庭	-и	сéмьи
	-ь	тетрáдь　本子	-и	тетрáди

♪ 除了上表所列的基本規則外，有些名詞需按照下表規則變化。適用這些規則的名詞需個別熟記。請看下表：

規則說明	例詞		
單數名詞變複數時，除了詞尾改變外，有些詞的重音位置也會改變。	окнó	[中] 窗戶	**ó**кна
	сестрá	[陰] 姊、妹	сёстры
	календáрь	[陽] 月曆	календар**и́**
倒數第二個字母或詞尾是 -г、-к、-х、-ж、-ч、-ш、-щ 等字母，複數後不加 -ы，需改成 -и。	кни́га	[陰] 書	кни́г**и**
	студéнтка	[陰] 大學生	студéнтк**и**
	врач	[陽] 醫生	врач**и́**

規則說明	例詞		
部分陽性名詞複數詞尾需加有重音的 á。	дом	[陽] 房子	дома́
	го́род	[陽] 城市	города́
	по́езд	[陽] 火車	поезда́
部分陽性名詞複數詞尾需加 -ья。	друг	[陽] 朋友	**друзья́**
	брат	[陽] 哥、弟	**бра́тья**
	стул	[陽] 椅子	**сту́лья**
部分名詞單數與複數形式完全不同。	челове́к	[陽] 人	**лю́ди**
	ребёнок	[陽] 兒童	**де́ти**
有些詞尾為軟音符號 ь 的陰性名詞，先去掉 -ь，再加上 -ери。	мать	[陰] 母親	**ма́тери**
	дочь	[陰] 女兒	**до́чери**
中性外來詞不變化。	метро́	[中] 地鐵	
	кафе́	[中] 咖啡廳	
	фо́то	[中] 照片	
只有複數形式的名詞。	де́ньги	[複] 錢	
	очки́	[複] 眼鏡	
	роди́тели	[複] 父母	

🪆 小試身手

請寫出名詞複數形式。

1. зда́ние ＿＿＿＿＿＿＿＿＿＿＿

2. брат ＿＿＿＿＿＿＿＿＿＿＿

3. студе́нт ＿＿＿＿＿＿＿＿＿＿＿

4. окно́ ＿＿＿＿＿＿＿＿＿＿＿

5. кни́га ＿＿＿＿＿＿＿＿＿＿＿

4. Это мой оте́ц и моя́ ма́ть.
這是我的父親和我的母親。

🪆 情境對話

請聽 MP3，並跟著一起念。

1.　　　　　　　　　　　　　　　　　　🎧 MP3 162

- Никола́й, кто э́то?　　　　　尼古拉，這是誰？

- Это мой оте́ц и моя́ ма́ть.　　這是我的父親和我的母親。

2.　　　　　　　　　　　　　　　　　　🎧 MP3 163

- Ди́ма, како́й твой родно́й го́род?　季馬，你的家鄉是哪裡？

- Мой родно́й го́род Москва́.　　我的家鄉是莫斯科。

3.　　　　　　　　　　　　　　　　　　🎧 MP3 164

- Лу́кас, э́то твоя́ семья́?　　盧卡斯，這是你的家人嗎？

- Да, э́то мой роди́тели,
  мой брат и моя́ сестра́.　　是的，這是我的父母，
  　　　　　　　　　　　　　我的哥哥和我的姊姊。

- Твой родно́й го́род Берли́н?　你的家鄉是柏林嗎？

- Нет, мой родно́й го́род не Берли́н,
  а Мюнхен.　　　　　　　　不是，我的家鄉不是柏林，
  　　　　　　　　　　　　　而是慕尼黑。

主題單詞：Города́ 城市

請聽 MP3，並跟著一起念。　　　🎧 MP3 165

Берли́н	［陽］柏林
Будапе́шт	［陽］布達佩斯
Варша́ва	［陰］華沙
Вашингто́н	［陽］華盛頓
Ве́на	［陰］維也納
Владивосто́к	［陽］海參崴
Ки́ев	［陽］基輔
Ло́ндон	［陽］倫敦
Мадри́д	［陽］馬德里
Минск	［陽］明斯克
Москва́	［陰］莫斯科
Нью-Йо́рк	［陽］紐約
Пари́ж	［陽］巴黎
Пеки́н	［陽］北京
Пра́га	［陰］布拉格
Рим	［陽］羅馬
Санкт-Петербу́рг	［陽］聖彼得堡
Сеу́л	［陽］首爾
Тайбэ́й	［陽］臺北
То́кио	［陽］東京

🪆語法筆記：物主代詞

🎐 表達「（誰）的（人或物）」時，需用物主代詞。俄語物主代詞依照人稱、性、數與格有不同的形式。

🎐 第一人稱（мой、наш）與第二人稱（твой、ваш）需配合後面所接名詞的性、數與格變化。請看下表：

陽性	中性	陰性	複數
мой брат 我的哥哥	моё молокó 我的牛奶	моя сестрá 我的姊姊	мои родúтели 我的父母
твой брат 你的哥哥	твоё молокó 你的牛奶	твоя сестрá 你的姊姊	твои родúтели 你的父母
наш брат 我們的哥哥	нáше молокó 我們的牛奶	нáша сестрá 我們的姊姊	нáши родúтели 我們的父母
ваш брат 你們的哥哥	вáше молокó 你們的牛奶	вáша сестрá 你們的姊姊	вáши родúтели 你們的父母

🎐 第三人稱（его、её、их）需配合人或物擁有者的性、數變化，例如молокó（牛奶）的擁有者是陽性，則説его молокó（他的牛奶）；如果擁有者為陰性，則説её молокó（她的牛奶）；如果擁有者為兩人以上，則説их молокó（他們的牛奶）。請看下表：

陽性	中性	陰性	複數
егó брат 他的哥哥	егó молокó 他的牛奶	егó сестрá 他的姊姊	егó родúтели 他的父母
её брат 她的哥哥	её молокó 她的牛奶	её сестрá 她的姊姊	её родúтели 她的父母
их брат 他們的哥哥	их молокó 他們的牛奶	их сестрá 他們的姊姊	их родúтели 他們的父母

提問時，用疑問代詞 **чей**（誰的），也需配合後面所接名詞的性、數、格變化。請看下表：

陽性	中性	陰性	複數
Чей это брат? 這是誰的哥哥？	Чьё это молоко? 這是誰的牛奶？	Чья это сестра? 這是誰的姊姊？	Чьи это родители? 這是誰的父母？

小試身手

請將括號中的中文翻譯成俄文。

1. _____（誰的）это паспорт?

2. Это _____（他的）тетрадь.

3. Это не _____（我的）газеты. Это _____（你的）газеты.

4. Где _____（您的）машина?

5. Там _____（我們的）университет.

5. Э́то большóй и нóвый дом.
這是大又新的房子。

情境對話

請聽 MP3，並跟著一起念。

1.
🎧MP3 166

- Николáй, какóй э́то дом?	尼古拉，這是怎麼樣的房子？
- Э́то большóй и нóвый дом.	這是大又新的房子。

2.
🎧MP3 167

- Ди́ма, твоя́ кóмната большáя?	季馬，你的房間大嗎？
- Нет, моя́ кóмната мáленькая и стáрая.	不，我的房間小又舊。

3.
🎧MP3 168

- Скажи́те, пожáлуйста, какóе э́то крéсло?	請問這是怎麼樣的單人沙發椅？
- Э́то хорóшее крéсло.	這是好的單人沙發椅。
- А каки́е э́то óкна?	那這是怎麼樣的窗戶？
- Э́то плохи́е óкна.	這是壞的窗戶。

🪆主題單詞：На у́лице 在街道上

請聽 MP3，並跟著一起念。　　　　　　　　　　🎧 MP3 169

апте́ка	[陰]	藥房
банк	[陽]	銀行
библиоте́ка	[陰]	圖書館
зоопа́рк	[陽]	動物園
институ́т	[陽]	學院、研究所
кафе́	[中]	咖啡廳、小吃店
клуб	[陽]	俱樂部
магази́н	[陽]	商店
парк	[陽]	公園
пло́щадь	[陰]	廣場
поликли́ника	[陰]	綜合醫院
по́чта	[陰]	郵局
рестора́н	[陽]	餐廳
ры́нок	[陽]	市場
стадио́н	[陽]	體育場
столо́вая	[陰]	食堂
теа́тр	[陽]	劇院
у́лица	[陰]	街道
университе́т	[陽]	大學
шко́ла	[陰]	（中、小學）學校

第六天
Шесто́й день

🪆 語法筆記：形容詞

🎵 俄語形容詞與物主代詞一樣，詞尾（即最後兩個字母）需配合後面所接名詞的性、數、格變化。依照詞尾前一字母（即倒數第三個字母），主要分為四類變化規則。

類別	陽性	中性
1. - 子音 -	но́вый стол 新的桌子	но́вое окно́ 新的窗戶
	молодо́й челове́к 年輕人	молодо́е поколе́ние 年輕世代
2. - 軟子音 - （-н-）	си́ний каранда́ш 藍色的鉛筆	си́нее пла́тье 藍色的連衣裙
3. -г-、-к-、-х-	ма́ленький дом 小的房子	ма́ленькое окно́ 小的窗戶
	како́й дом 怎麼樣的房子	како́е окно́ 怎麼樣的窗戶
	плохо́й стул 壞的椅子	плохо́е я́блоко 壞的蘋果
4. -ж-、-ч-、-ш-、-щ-	хоро́ший стул 好的椅子	хоро́шее я́блоко 好的蘋果
	большо́й дом 大的房子	большо́е окно́ 大的窗戶

⚜ 與名詞複數變化規則一樣，-г-、-к-、-х-、-ж-、-ч-、-ш-、-щ- 等字母後面不加 -ый、-ые，而是改成 -ий、-ие。

⚜ 提問時，用疑問代詞 какóй（怎麼樣的、哪一個的），也需配合所修飾名詞的性、數、格變化。請看下表：

陰性	複數
нóвая газéта 新的報紙	нóвые столы́, нóвые óкна, нóвые газéты
молодáя дéвушка 年輕的女孩	молоды́е лю́ди, молоды́е поколéния, молоды́е дéвушки
си́няя тетрáдь 藍色的本子	си́ние карандаши́, си́ние плáтья, си́ние тетрáди
мáленькая кóмната 小的房間	мáленькие домá, мáленькие óкна, мáленькие кóмнаты
какáя кóмната 怎麼樣的房間	каки́е домá, каки́е óкна, каки́е кóмнаты
плохáя сýмка 壞的包包	плохи́е стýлья, плохи́е я́блоки, плохи́е сýмки
хорóшая сýмка 好的包包	хорóшие стýлья, хорóшие я́блоки, хорóшие сýмки
большáя кóмната 大的房間	больши́е домá, больши́е óкна, больши́е кóмнаты

小叮嚀

⌒ я́блоко（蘋果）的複數形式是 я́блоки。

⌒ 常用形容詞：

бéдный	бéдное	бéдная	бéдные	貧窮的
богáтый	богáтое	богáтая	богáтые	富裕的
большóй	большóе	большáя	большúе	大的
мáленький	мáленькое	мáленькая	мáленькие	小的
дли́нный	дли́нное	дли́нная	дли́нные	長的
корóткий	корóткое	корóткая	корóткие	短的
дорогóй	дорогóе	дорогáя	дорогúе	貴的
дешёвый	дешёвое	дешёвая	дешёвые	便宜的
интерéсный	интерéсное	интерéсная	интерéсные	有趣的
скýчный	скýчное	скýчная	скýчные	無聊的 （ч 發 [sh] 的音）
краси́вый	краси́вое	краси́вая	краси́вые	漂亮的
некраси́вый	некраси́вое	некраси́вая	некраси́вые	不漂亮的
лёгкий	лёгкое	лёгкая	лёгкие	容易的；輕的 （г 發 [h] 的音）
трýдный	трýдное	трýдная	трýдные	困難的
тяжёлый	тяжёлое	тяжёлая	тяжёлые	重的
стáрый	стáрое	стáрая	стáрые	老的；舊的

молодо́й	молодо́е	молода́я	молоды́е	年輕的
но́вый	но́вое	но́вая	но́вые	新的
хоро́ший	хоро́шее	хоро́шая	хоро́шие	好的
плохо́й	плохо́е	плоха́я	плохи́е	壞的
широ́кий	широ́кое	широ́кая	широ́кие	寬的
у́зкий	у́зкое	у́зкая	у́зкие	窄的

小試身手

請寫出形容詞反義詞。

1. Это большо́й го́род, а э́то _____ го́род.

2. Тут плохо́е окно́, а там _____ окно́.

3. Это тяжёлые су́мки, а э́то _____ су́мки.

4. Там _____ у́лица, а тут у́зкая у́лица.

5. Это _____ ю́бка, а э́то коро́ткая ю́бка.

第六天
Шестóй день

今日成果驗收

一、請將聽到的句子寫下來。　　　　　　　　🎧 MP3 170

1. _____

2. _____

3. _____

4. _____

5. _____

二、請聽問句，並選擇適合語意的答句。　　　🎧 MP3 171

1. (　　) 　(1) - Хóлодно.

　　　　　　(2) - Да, он врач.

　　　　　　(3) - Поликли́ника там.

2. (　　) 　(1) - Там моя́ кóмната.

　　　　　　(2) - Это мой роди́тели.

　　　　　　(3) - Мой роднóй гóрод Пари́ж.

3. (　　) 　(1) - Это не егó тетрáдь.

　　　　　　(2) - Кни́га дóма.

　　　　　　(3) - Это óчень интерéсная кни́га.

三、請聽第 136 頁「今日對話」，並按照對話內容回答下列問題。

1. Кто Ви́ктор и Татья́на?

_____

2. Татья́на америка́нка?

_____

3. Москва́ – большо́й и́ли ма́ленький го́род?

_____

文化分享　俄羅斯美味湯品

俄羅斯美味菜餚中，最具代表的就屬湯品了，嚴酷寒冬中來碗熱呼呼的湯，總是讓人味蕾大開。依照傳統，俄餐上菜順序嚴謹，首先是沙拉，接著湯品被歸為「第一道菜」出場，再來是稱為「第二道菜」的肉或魚等主食，同時有馬鈴薯、白飯、通心粉或蕎麥當配菜，最後是甜點與飲料。

有句諺語說：「Щи да каша – пища наша.」，直譯是「白菜湯和粥是我們的食物」，意思是「粗茶淡飯就是福」。白菜湯和粥是俄羅斯最普遍的食物，而以高麗菜為基底的白菜湯在 9 世紀已出現在古代俄羅斯大地上。白菜湯裡有的是放一般的高麗菜，有的是放酸白菜，另外還會放入馬鈴薯、洋葱、紅蘿蔔、蕃茄等蔬菜，並依個人口味可加肉或不加，最後佐以香料調味。

如果在食堂或餐廳菜單上看到「солянка」，這就是傳說中的俄式拌肉雜菜湯，裡面可加牛肉、小香腸、酸黃瓜、火腿、洋葱、香芹、橄欖，以及蕃茄醬。因為加了許多重口味的香料，所以俄式拌肉雜菜湯較酸濃、鹹辣。

酸黃瓜湯的俄語是「рассольник」，顧名思義，這款湯中會加入醃酸黃瓜的鹽水，此外，湯中可加肉、酸黃瓜、紅蘿蔔與香料，與俄式拌肉雜菜湯不同的是，酸黃瓜湯會加入大麥米和馬鈴薯。

俄語稱為「борщ」的甜菜湯，也就是我們所說的羅宋湯，是東斯拉夫人的傳統湯品，在俄羅斯大地上流傳已久，並發展出各式口味，但道地的俄羅斯甜菜湯中一定會加入甜菜、高麗菜和紅蘿蔔。

以上介紹的都是非常暖胃的熱湯，雖然俄羅斯冬季較長，但到了短暫的夏季還是讓人感覺炎熱，這時一定要試試涼雜拌湯（окрошка），傳統上它是以黑麥麵包發酵的「克瓦斯冷飲」（квас）為基底，清涼不油膩，是夏日消暑必備湯品。

俄羅斯人喝湯時，習慣加一匙酸奶（сметана），與湯攪拌在一起更入味。準備好來一碗俄式湯品了嗎？祝您胃口大開、用餐愉快！Приятного аппетита!

第七天
Седьмóй день
用俄語介紹生活與興趣

今日學習內容

下列情境表達方式與基本語法

1. Что Вы дéлаете? 您在做什麼？

   動詞現在時變化規則（一）

2. Вы знáете рýсский язы́к? 您會俄語嗎？

   動詞現在時變化規則（二）

3. Ира игрáет в тéннис? 伊拉打網球嗎？

   動詞與副詞連用

4. Вы лю́бите игрáть на скри́пке? 您喜愛拉小提琴嗎？

   動詞 люби́ть（喜愛）與動詞原形連用

5. Что Дúма дéлает ýтром? 早上時季馬做什麼？

   時間與動作頻率表達方式

Счастли́вого пути́!
一路順風！

今日對話

琳達與安東是好朋友，請聽 MP3，瞭解他們在聊什麼。　　🎧 MP3 172

Анто́н:	Приве́т, Ли́нда. Как дела́?
Ли́нда:	Спаси́бо, хорошо́.
Анто́н:	Что ты де́лаешь?
Ли́нда:	Я чита́ю.
Анто́н:	Ты чита́ешь по-англи́йски?
Ли́нда:	Нет, я чита́ю по-ру́сски.
Анто́н:	Молоде́ц! Ты хорошо́ говори́шь и чита́ешь по-ру́сски!
Ли́нда:	Спаси́бо! Я люблю́ говори́ть и чита́ть по-ру́сски.
Анто́н:	Ли́нда, скажи́, пожа́луйста, что ты лю́бишь де́лать в воскресе́нье?
Ли́нда:	В воскресе́нье я иногда́ игра́ю в те́ннис, иногда́ игра́ю на гита́ре.

安東： 嗨，琳達。妳好嗎？

琳達： 謝謝，很好。

安東： 妳在做什麼？

琳達： 我在閱讀。

安東： 妳用英語閱讀嗎？

琳達： 不，我用俄語閱讀。

安東： 真棒！妳俄語說得好，也能用俄語閱讀！

琳達： 謝謝！我喜愛說俄語和用俄語閱讀。

安東： 琳達，請問妳星期日喜愛做什麼呢？

琳達： 星期日我有時候打網球，有時候彈吉他。

1. Что Вы де́лаете?
您在做什麼？

情境對話

請聽 MP3，並跟著一起念。

1.
🎧 MP 3 173

- Что Вы де́лаете?	您在做什麼？
- Я рабо́таю.	我在工作。

2.
🎧 MP 3 174

- Что де́лает Анна?	安娜在做什麼？
- Она́ гуля́ет.	她在散步。

3.
🎧 MP 3 175

- Мари́я чита́ет сейча́с?	瑪莉婭現在在閱讀嗎？
- Нет, она́ не чита́ет. Она́ отдыха́ет.	不，她不是在閱讀。她在休息。
- А Анто́н?	那安東呢？
- А Анто́н обе́дает.	安東在吃午餐。

主題單詞：Глаго́лы 動詞

請聽 MP3，並跟著一起念。

🎧 MP3 176

гуля́ть	散步、遊逛
де́лать	做
ду́мать	想、考慮
за́втракать	吃早餐
знать	知道
игра́ть	玩、演奏
изуча́ть	學習、研究
обе́дать	吃午餐
отдыха́ть	休息
писа́ть	寫
покупа́ть	買
понима́ть	理解、明白
рабо́тать	工作
слу́шать	聽
у́жинать	吃晚餐
чита́ть	讀、看

🪆語法筆記：動詞現在時變化規則（一）

𝄢 俄語動詞依照動作發生時間，可分為現在時、過去時與將來時。

𝄢 動詞現在時表達正在進行，或平常重複進行的動作。其詞尾需跟著句子中主語的人稱與數變化。

𝄢 動詞現在時詞尾變化規則主要可分成兩類，分別稱為「e 變位」與「и 變位」。如果是 ать 或 ять 結尾的原形動詞，原則上屬於「e 變位」，變化規則是先去掉動詞原形最後的 ть，再加上與人稱和數相符的詞尾。請看下表：

人稱	де́лать 做	гуля́ть 散步	加上的詞尾
я 我	де́лаю	гуля́ю	-ю
ты 你、妳	де́лаешь	гуля́ешь	-ешь
он 他 она́ 她	де́лает	гуля́ет	-ет
мы 我們	де́лаем	гуля́ем	-ем
вы, Вы 你們、您	де́лаете	гуля́ете	-ете
они́ 他們	де́лают	гуля́ют	-ют

➫ 請注意，有些動詞原形變成現在時的時候，字母會改變，例如 писа́ть（寫）中的 с 需變成 ш，第一人稱單數（я）的詞尾需改為 у，第三人稱複數（они́）的詞尾需變成 ут，重音位置也會改變。請看下表：

人稱	писа́ть 寫	加上的詞尾
я 我	пишу́	-у
ты 你、妳	пи́шешь	-ешь
он 他 она́ 她	пи́шет	-ет
мы 我們	пи́шем	-ем
вы, Вы 你們、您	пи́шете	-ете
они́ 他們	пи́шут	-ут

➫ 「и 變位」請見本書第 172 頁。

小試身手

請按照句子意思，填入動詞現在時正確形式。

1. Ба́бушка и де́душка ______________________________(отдыха́ть).
2. На́ша семья́ ______________________________(обе́дать).
3. Са́ша и я ______________________________(слу́шать).
4. Что ты ______________________________(писа́ть)?
5. Сейча́с я ______________________________(гуля́ть).

小叮嚀

➫ 主語是「кто? и я」（某人與我）組合時，動詞用第一人稱複數（мы）形式。

2. Вы зна́ете ру́сский язы́к?
您會俄語嗎？

🪆情境對話

請聽 MP3，並跟著一起念。

1. 🎧 MP3 177

- Вы зна́ете ру́сский язы́к?	您會俄語嗎？
- Да, я зна́ю ру́сский язы́к.	是的，我會俄語。

2. 🎧 MP3 178

- Вы говори́те по-ру́сски?	您說俄語嗎？
- Нет, я не говорю́ по-ру́сски.	不，我不會說俄語。

3. 🎧 MP3 179

- Како́й э́то язы́к?	這是什麼語言？
- Э́то ру́сский язы́к.	這是俄語。
- Ты пи́шешь по-ру́сски?	你會用俄語書寫嗎？
- Коне́чно, я пишу́ по-ру́сски, потому́ что э́то мой родно́й язы́к.	當然，我會用俄語書寫，因為這是我的母語。

> ✐ 連接詞 потому́ что（因為）後面接原因子句，它通常不放在句首，而是放在句中。此外，потому́ что 前面需標上逗號「,」。提問時，可用疑問代詞 почему́（為什麼）。

主題單詞：Языки́ 語言

請聽 MP3，並跟著一起念。

🎧 MP3 180

англи́йский язы́к	英語	по-англи́йски	用英語
ара́бский язы́к	阿拉伯語	по-ара́бски	用阿拉伯語
испа́нский язы́к	西班牙語	по-испа́нски	用西班牙語
италья́нский язы́к	義大利語	по-италья́нски	用義大利語
кита́йский язы́к	漢語	по-кита́йски	用漢語
коре́йский язы́к	韓語	по-коре́йски	用韓語
неме́цкий язы́к	德語	по-неме́цки	用德語
ру́сский язы́к	俄語	по-ру́сски	用俄語
францу́зский язы́к	法語	по-францу́зски	用法語
япо́нский язы́к	日語	по-япо́нски	用日語

小叮嚀

🔖 表達知道、學習某語言時，要用動詞加名詞詞組，例如 знать ру́сский язы́к（知道俄語）、учи́ть англи́йский язы́к（學英語）。

🔖 將語言視為溝通交際工具，表達使用某語言聽、寫、說等動作時，用「по-＋ 語言名稱形容詞（並去掉最後一個字母 й）」，例如 говори́ть по-ру́сски（說俄語）、писа́ть по-англи́йски（寫英語）。

第七天
Седьмо́й день

🪆 語法筆記：動詞現在時變化規則（二）

✍ 除了第 168 頁介紹的「е 變位」外，動詞現在時另一種變化方式稱為「и 變位」，通常 ить 或 еть 結尾的原形動詞屬於此類。變化規則是先去掉動詞原形最後的 ить 或 еть，再加上與人稱和數相符的詞尾。請看下表：

人稱	говори́ть 說	加上的詞尾
я 我	говорю́	-ю
ты 你、妳	говори́шь	-ишь
он 他、она́ 她	говори́т	-ит
мы 我們	говори́м	-им
вы, Вы 你們、您	говори́те	-ите
они́ 他們	говоря́т	-ят

✍ 請注意，變化時有些重音位置會改變。請看下表：

人稱	кури́ть 抽菸	смотре́ть 看	加上的詞尾
я 我	курю́	смотрю́	-ю
ты 你、妳	ку́ришь	смо́тришь	-ишь
он 他、она́ 她	ку́рит	смо́трит	-ит
мы 我們	ку́рим	смо́трим	-им
вы, Вы 你們、您	ку́рите	смо́трите	-ите
они́ 他們	ку́рят	смо́трят	-ят

✍ 動詞 **учи́ть**（學、複習、背誦）現在時第一人稱單數（**я**）的詞尾需改為 y，
第三人稱複數（**они́**）的詞尾需變成 aт，重音位置也會改變。請看下表：

人稱	**учи́ть** 學、複習、背誦	加上的詞尾
я 我	учу́	-у
ты 你、妳	у́чишь	-ишь
он 他 **она́** 她	у́чит	-ит
мы 我們	у́чим	-им
вы, Вы 你們、您	у́чите	-ите
они́ 他們	у́чат	-ат

🪆小試身手

請按照句子意思，填入動詞現在時正確形式。

1. Ира ＿＿＿＿＿＿＿＿＿＿＿(учи́ть) францу́зский язы́к.

2. Я не ＿＿＿＿＿＿＿＿＿＿＿(говори́ть) по-коре́йски.

3. Роди́тели ＿＿＿＿＿＿＿＿＿＿＿(смотре́ть) телеви́зор.

4. Вы ＿＿＿＿＿＿＿＿＿＿＿(кури́ть)?

5. Мы ＿＿＿＿＿＿＿＿＿＿＿(смотре́ть) фильм.

3. Ира игра́ет в те́ннис?
伊拉打網球嗎？

情境對話

請聽 MP3，並跟著一起念。

1.   🎧 MP3 181

| - Ира игра́ет в те́ннис? | 伊拉打網球嗎？ |
| - Да, она́ игра́ет в те́ннис. | 是的，她打網球。 |

2.   🎧 MP3 182

| - Анто́н хорошо́ игра́ет в футбо́л? | 安東足球踢得好嗎？ |
| - Нет, он ещё пло́хо игра́ет. | 不，他還踢得很差。 |

3.   🎧 MP3 183

- Как Ми́ша игра́ет в баскетбо́л?	米沙籃球打得如何？
- Он игра́ет в баскетбо́л непло́хо.	他籃球打得不差。
- Он мно́го игра́ет?	他很常打嗎？
- Я не зна́ю, но я ду́маю, что он мно́го игра́ет.	我不知道，但我想，他很常打。

🪆 主題單詞：Спорт 運動

請聽 MP3，並跟著一起念。　　　　　　　　　　🎧 MP3 184

бадминто́н	[陽] 羽毛球	игра́ть в бадминто́н	打羽毛球
баскетбо́л	[陽] 籃球	игра́ть в баскетбо́л	打籃球
бейсбо́л	[陽] 棒球	игра́ть в бейсбо́л	打棒球
волейбо́л	[陽] 排球	игра́ть в волейбо́л	打排球
коньки́	[複] 冰刀鞋、滑冰（運動）	ката́ться **на** конька́х	滑冰
лы́жи	[複] 滑雪板	ката́ться **на** лы́жах	滑雪
те́ннис	[陽] 網球	игра́ть в те́ннис	打網球
футбо́л	[陽] 足球	игра́ть в футбо́л	踢足球
хокке́й	[陽] 曲棍球	игра́ть в хокке́й	打曲棍球
ша́хматы	[複] 西洋棋	игра́ть в ша́хматы	下西洋棋

小叮嚀

🎗 用俄語表達從事、進行某項運動，可用動詞 игра́ть（玩），後面加上前置詞 в，再加上運動名稱第四格（因為非動物名詞陽性及複數的第四格與第一格形式相同，所以不需變化）。

🎗 表達滑冰、滑雪時，用動詞 ката́ться（騎、滑、溜），後面加上前置詞 на，再加上運動器材名稱第六格。例如 ката́ться **на** конька́х（滑冰）、ката́ться **на** лы́жах（滑雪）。

🪆 語法筆記：動詞與副詞連用

↱ 用俄語表達動作程度（多好、多壞等）時，可用副詞修飾動詞。提問時，
用疑問代詞 как（如何）。請讀下面例句：

- Как Ли́нда говори́т по-ру́сски? 琳達俄語説得如何？
- Она́ говори́т бы́стро и пра́вильно. 她説得快又正確。

- Ви́ктор хорошо́ игра́ет в бейсбо́л? 維克多棒球打得好嗎？
- Нет, он игра́ет пло́хо. 不，他打得很差。

小叮嚀

↱ 常用副詞

хорошо́	好
пло́хо	不好、壞
мно́го	多
ма́ло	少
непло́хо	不差
немно́го	不多
бы́стро	快
ме́дленно	慢
гро́мко	大聲
ти́хо	小聲、低聲
пра́вильно	正確
непра́вильно	不正確

小試身手

請按照句子意思，填入反義詞。

1. Брат хорошо́ игра́ет в волейбо́л, а сестра́ _____ игра́ет.

2. Са́ша бы́стро говори́т по-ру́сски, а Же́ня _____ говори́т.

3. Ната́ша мно́го слу́шает по-япо́нски, а Юра _____ слу́шает.

4. Он _____ отвеча́ет, а она́ пра́вильно отвеча́ет.

5. Студе́нты _____ чита́ют по-англи́йски, а студе́нтки ти́хо чита́ют.

4. Вы лю́бите игра́ть на скри́пке?
您喜愛拉小提琴嗎？

🪆 情境對話

請聽 MP3，並跟著一起念。

1.　🎧 MP3 185

- Вы лю́бите игра́ть на скри́пке?　您喜愛拉小提琴嗎？

- Да, я о́чень люблю́ игра́ть на скри́пке.　是的，我非常喜愛拉小提琴。

2.　🎧 MP3 186

- Анна лю́бит игра́ть на гита́ре и́ли на бараба́не?　安娜喜愛彈吉他還是打鼓？

- Она́ лю́бит игра́ть на гита́ре.　她喜愛彈吉他。

3.　🎧 MP3 187

- Ты лю́бишь игра́ть на пиани́но?　你喜愛彈鋼琴嗎？

- Нет, я не люблю́ игра́ть на пиани́но. А ты?　不，我不喜愛彈鋼琴。那你呢？

- Я то́же не люблю́ игра́ть на пиани́но. Я люблю́ игра́ть на фле́йте.　我也不喜愛彈鋼琴。我喜愛吹長笛。

- А я люблю́ игра́ть на виолонче́ли.　而我喜愛拉大提琴。

🪆 主題單詞：**Музыка́льные инструме́нты** 樂器

請聽 MP3，並跟著一起念。　　　　　　　　　🎧 MP3 188

бараба́н	[陽] 鼓	игра́ть на бараба́не	打鼓
виолонче́ль	[陰] 大提琴	игра́ть на виолонче́ли	拉大提琴
гита́ра	[陰] 吉他	игра́ть на гита́ре	彈吉他
пиани́но	[中] 鋼琴	игра́ть на пиани́но	彈鋼琴
саксофо́н	[陽] 薩克斯風	игра́ть на саксофо́не	吹薩克斯風
скри́пка	[陰] 小提琴	игра́ть на скри́пке	拉小提琴
труба́	[陰] 喇叭	игра́ть на трубе́	吹喇叭
фле́йта	[陰] 長笛	игра́ть на фле́йте	吹長笛

小叮嚀

　✎ 用俄語表達彈奏樂器時，也可用動詞 игра́ть，但後面要加上前置詞 на，再加上樂器名稱第六格。

　✎ пиани́но（鋼琴）是中性不變化的詞，即在任何情況下，詞尾都不需變化。

語法筆記：動詞 люби́ть（喜愛）與動詞原形連用

⚘ 動詞 люби́ть 後面直接加動詞原形，表達「喜愛做（某事）」。

⚘ люби́ть 屬於「и 變位」，第一人稱單數（я）變化時，先去掉 ить，加上 л，再加上 ю，其他人稱的重音需移到前面的 лю́。請看下表：

人稱	люби́ть 喜愛	加上的詞尾
я 我	люблю́	-ю
ты 你、妳	лю́бишь	-ишь
он 他 она́ 她	лю́бит	-ит
мы 我們	лю́бим	-им
вы, Вы 你們、您	лю́бите	-ите
они́ 他們	лю́бят	-ят

⚘ 詢問對方喜愛做什麼時，可用下面句型：

- Что Вы лю́бите де́лать? 您喜愛做什麼？
- Я люблю́ игра́ть в футбо́л. 我喜愛踢足球。

🪆 小試身手

請按照句子意思，填入動詞 люби́ть（喜愛）現在時正確形式。

1. Что ты _____ де́лать?

2. Мы _____ гуля́ть.

3. Ива́н не _____ слу́шать ра́дио.

4. Вы _____ игра́ть на пиани́но?

5. Анто́н и Са́ша _____ игра́ть в баскетбо́л.

5. Что Ди́ма де́лает у́тром?
早上時季馬做什麼？

🪆 情境對話

請聽 MP3，並跟著一起念。

1.
🎧 MP3 189

- Что Ди́ма де́лает у́тром?	早上時季馬做什麼？
- У́тром он игра́ет на скри́пке.	早上時他拉小提琴。

2.
🎧 MP3 190

- Вы ча́сто за́втракаете?	您時常吃早餐嗎？
- Да, я за́втракаю ка́ждый день.	是的，我每天吃早餐。

3.
🎧 MP3 191

- Са́ша рабо́тает в суббо́ту?	星期六薩沙工作嗎？
- Да, он рабо́тает в суббо́ту.	是的，星期六他工作。
- А в воскресе́нье?	那星期日呢？
- В воскресе́нье он отдыха́ет.	星期日他休息。

小叮嚀

✎ ка́ждый（每、每個）詞性屬於限定代詞，其詞尾變化與形容詞相同，需與後面接的名詞性、數、格一致，例如 ка́ждый день（每天）、ка́ждый ме́сяц（每月）、ка́ждый год（每年）、ка́ждое у́тро（每個早上）、ка́ждый ве́чер（每個晚上）。

主題單詞：**Вре́мя** 時間

請聽 MP3，並跟著一起念。

Вре́мя су́ток　一日時辰　🎧 MP3 192

у́тро	[中] 早晨	у́тром	在早晨時
день	[陽] 白天	днём	在白天時
ве́чер	[陽] 晚上	ве́чером	在晚上時
ночь	[陰] 深夜	но́чью	在深夜時

Дни неде́ли　一週星期　🎧 MP3 193

понеде́льник	[陽] 星期一	в понеде́льник	在星期一時
вто́рник	[陽] 星期二	**во** вто́рник	在星期二時
среда́	[陰] 星期三	в сре́ду	在星期三時
четве́рг	[陽] 星期四	в четве́рг	在星期四時
пя́тница	[陰] 星期五	в пя́тницу	在星期五時
суббо́та	[陰] 星期六	в суббо́ту	在星期六時
воскресе́нье	[中] 星期日	в воскресе́нье	在星期日時

Наре́чия вре́мени　時間副詞　🎧 MP3 194

всегда́	[副] 總是	никогда́	[副] 從來（不、沒有）
ча́сто	[副] 常常	ре́дко	[副] 不常
иногда́	[副] 有時	обы́чно	[副] 一般、通常

小叮嚀

🎣 表達「在星期幾」時，用前置詞「в＋星期名稱第四格」。請注意下面詞組的詞尾變化：в сре́ду（注意重音位置也改變了）、в пя́тницу、в суббо́ту。

🎣 前置詞 в 後面接的名詞為「в＋子音」時，需變成 во，這樣比較容易發音，例如：во вто́рник。

🪆**語法筆記：時間與動作頻率表達方式**

🎣 詢問動作在何時發生，可用疑問代詞 когда́（何時）。請讀下面例句：

- Когда́ Анто́н игра́ет в волейбо́л? 安東什麼時候打排球？

- Он игра́ет в волейбо́л днём. 他白天時打排球。

- Когда́ они́ гуля́ют? 他們什麼時候散步？

- Они́ гуля́ют в воскресе́нье. 他們星期日時散步。

🎣 詢問今天星期幾，可用下面句型：

- Како́й сего́дня день? 今天星期幾？

- Сего́дня понеде́льник. 今天星期一。

🎣 詢問動作發生頻率，可用詞組 как ча́сто（多常）。請讀下面例句：

- Как ча́сто Ма́ша говори́т по-ру́сски? 瑪莎多常說俄語？

- Она́ ре́дко говори́т по-ру́сски. Она́ всегда́ говори́т по-англи́йски.
  她很少說俄語。她總是說英語。

🪆小試身手

請將括號中的中文翻譯成俄文。

1. Папа _____(總是) отдыхáет в суббóту.

2. Сáша _____(有時候) обéдает дóма.

3. _____(在星期二時) мы ýчим рýсский язы́к.

4. Они́ лю́бят гуля́ть _____(白天時).

5. _____(多常) ты готóвишь ýжин?

今日成果驗收

一、請將聽到的句子寫下來。　　　　　　　　　　🎧 MP3 195

1. _____

2. _____

3. _____

4. _____

5. _____

二、請看圖，並寫下描述此圖的句子。

1. _____

2. _____

3. _____

4. _____

三、請聽第 164 頁「今日對話」，並按照對話內容回答下列問題。

1. Что де́лает Ли́нда?

_____

2. Как Ли́нда говори́т и чита́ет по-ру́сски?

_____

3. Что лю́бит де́лать Ли́нда в воскресе́нье?

_____

文化分享　俄式風味紀念品

　　在世界各地旅行，總是希望帶回當地最具代表性的物品留作紀念，俄羅斯也有不少獨具特色的紀念品，像是伏特加和魚子醬號稱俄國兩大名產。最讓人垂涎三尺、食指大動的魚子醬吃法就是先在白麵包上塗無鹽奶油，再將魚子醬平鋪上去，美味魚香撲鼻而來。

　　最著名、經典、平價、隨處可見的紀念品，就是俄羅斯娃娃（матрёшка）。據說其創作靈感，是源於19世紀末流傳到俄羅斯的日本福神娃娃。最常見的俄羅斯娃娃是外表手繪包頭巾女孩，身穿俄羅斯傳統花紋圖案服飾，或是繪有俄羅斯童話故事情節。因為腰身分隔頭腳兩部分，所以拉開後，可見到裡面藏著小一號的娃娃，尺寸愈大的娃娃，裡面藏的小娃娃愈多，而且每個圖案都不太相同，但個個色彩鮮豔、溫暖慈祥的模樣，真的很討人喜愛。俄羅斯娃娃的故鄉就位於離莫斯科東北方不遠的謝爾吉耶夫鎮，史上第一個俄羅斯娃娃收藏在此地的玩具博物館內。

　　另外，在俄式餐廳可看到金色或銀色長形金屬器具，即是俄式茶炊（самова́р），相傳它於18世從西歐傳入俄國。茶炊是俄羅斯傳統家庭必備日常燒製飲用熱水的器具，家人與訪客總是圍坐在茶炊旁喝茶談天，所以茶炊也象徵家庭豐足、好客與和諧。由於位在莫斯科南方約200公里的圖拉是俄式茶炊產地之一，所以俄語中有句諺語：「В Ту́лу со свои́м самова́ром не е́здят.」，直譯為「不帶自己的茶炊去圖拉」，也就是「多此一舉」的意思。

　　俄式風味紀念品可在哪裡採買呢？除了莫斯科市中心西邊的阿爾巴特街外，如果時間充裕的話，還可搭地鐵往東北方向，來到位於游擊隊站的伊茲邁伊洛沃工藝品市集，這裡商品琳瑯滿目、種類繁多，還可殺價。但如果來不及在市區買的話，別擔心，機場免稅商店還有機會購買，但價格就比較高囉。

附　錄

練習題解答

Век живи́ – век учи́сь.
活到老，學到老。

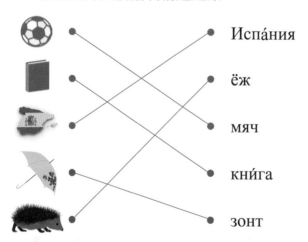

附錄
練習題解答

第一天 Пе́рвый день | 認識俄語字母（一）

今日成果驗收

一、請將聽到的字母寫下來。

1. __з__   3. __б__   5. __г__   7. __л__
2. __е__   4. __м__   6. __й__   8. __в__

二、請將聽到的單詞圈起來。

1. (двор) 院子   дом 房子
2. (лифт) 電梯   лиса́ 狐狸
3. грамм 公克   (гру́ппа) 群、組、班
4. (но́мер) 編號   но́та 音符
5. ва́за 花瓶   (ви́за) 簽證

三、請將圖片與俄語名稱連起來。

Испа́ния

ёж

мяч

кни́га

зонт

今日成果驗收

一、請將聽到的字母寫下來。

1. ___ч___ 3. ___ы___ 5. ___ф___ 7. ___р___
2. ___п___ 4. ___ш___ 6. ___я___ 8. ___т___

二、請將聽到的單詞圈起來。

1. э́хо 回聲   (э́то) 這
2. центр 中心   (цирк) 馬戲、雜技
3. (ме́сяц) 月   за́яц 兔子
4. (пло́щадь) 廣場   пра́вда 真理、真相
5. во́здух 空氣   (горо́х) 豌豆

三、請將圖片與俄語名稱連起來。

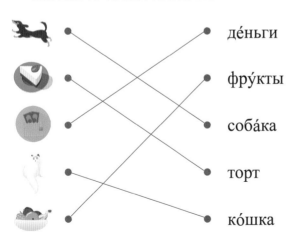

- де́ньги
- фру́кты
- соба́ка
- торт
- ко́шка

附錄
練習題解答

第三天 Трéтий день | 認識俄語生活單詞（一）

1. Семья́　家庭成員

1. ма́льчик 男孩　　3. сестра́ 姊姊、妹妹　　5. роди́тели 父母
2. оте́ц 父親　　　　4. де́вушка 女孩

2. Кни́ги, канцтова́ры　書籍文具

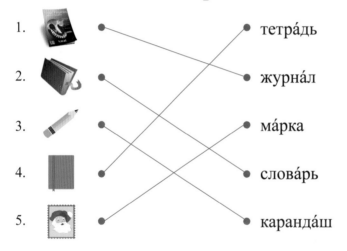

1. — тетра́дь
2. — журна́л
3. — ма́рка
4. — слова́рь
5. — каранда́ш

3. Жи́зненные предме́ты　生活用品

су́мка 包包　　　　портфе́ль 公事包
часы́ 鐘、錶　　　　телеви́зор 電視
фотоаппара́т 照相機

4. В до́ме 住家內部

1. <u>шкаф</u>（有門的）櫃子　　3. <u>крова́ть</u> 床　　　　5. <u>стол</u> 桌子

2. <u>по́лка</u> 架子　　　　　4. <u>ку́хня</u> 廚房

5. Овощи, фру́кты 蔬菜水果

1. Это не лук, а <u>капу́ста</u>. 這不是洋葱，而是高麗菜。

2. Это не пе́рсик, а <u>я́блоко</u>. 這不是桃子，而是蘋果。

3. Это не ты́ква, а <u>арбу́з</u>. 這不是南瓜，而是西瓜。

4. Это не огуре́ц, а <u>пе́рец</u>. 這不是黃瓜，而是青椒。

5. Это не морко́вь, а <u>бана́н</u>. 這不是蘿蔔，而是香蕉。

今日成果驗收

一、請將聽到的單詞寫下來。

1. <u>откры́тка</u> 明信片、卡片

2. <u>ключ</u> 鑰匙

3. <u>уче́бник</u> 課本、教科書

4. <u>стул</u> 椅子

5. <u>дя́дя</u> 伯伯、叔叔、舅舅

6. <u>анана́с</u> 鳳梨

7. <u>апельси́н</u> 柳橙

8. <u>таре́лка</u> 盤子

9. <u>ба́бушка</u> 奶奶

10. <u>коридо́р</u> 走廊

二、請看圖寫出俄語名稱。

1. Это <u>телеви́зор</u>, а э́то <u>телефо́н</u>. 這是電視，而這是電話。

2. <u>Лифт</u> тут, а <u>ле́стница</u> там. 電梯在這裡，而樓梯在那裡。

3. Там <u>виногра́д</u>? 在那邊的是葡萄嗎？

4. Это <u>де́душка</u>? 這是爺爺嗎？

5. Сле́ва <u>письмо́</u>, а спра́ва <u>конве́рт</u>. 左邊是信，而右邊是信封。

三、請將不同主題的單詞圈起來。

1. бума́га	каранда́ш	(ковёр)	лине́йка	сте́плер
2. ты́ква	(кошелёк)	бана́н	гру́ша	пе́рсик
3. па́па	сестра́	вну́чка	жена́	(морко́вь)
4. (дя́дя)	ла́мпа	стака́н	фотоаппара́т	ча́шка
5. балко́н	крова́ть	стена́	(арбу́з)	холоди́льник

1. Проду́кты, напи́тки 食物飲料

1. - Там сала́т и́ли мя́со? - Там сала́т.
   那裡是沙拉還是肉？那裡是沙拉。

2. - Это сыр и́ли хлеб? - Это хлеб.
   這是乳酪還是麵包？這是麵包。

3. - Там сок и́ли вода́? - Там сок.
   那裡是果汁還是水？那裡是果汁。

4. - Тут ры́ба и́ли ку́рица? - Тут ры́ба.
   這裡是魚還是雞肉？這裡是魚。

5. - Это молоко́ или моро́женое? - Это моро́женое.
   這是牛奶還是冰淇淋？這是冰淇淋。

附錄
練習題解答

2. Тра́нспорт, путеше́ствие 交通旅行

1. трамва́й 有軌電車   4. чемода́н 行李箱

2. самолёт 飛機   5. тролле́йбус 無軌電車

3. ка́рта 地圖

3. Ча́сти те́ла 身體部位

1. глаз 眼睛   3. рот 嘴   5. нога́ 腳

2. нос 鼻子   4. рука́ 手

4. Коли́чественные числи́тельные (I) 數詞（一）

1. 6 <u>шесть</u>   3. 7 <u>семь</u>   5. 13 <u>трина́дцать</u>

2. 9 <u>де́вять</u>   4. 10 <u>де́сять</u>

5. Коли́чественные числи́тельные (II) 數詞（二）

1. <u>три́ста пятьдеся́т во́семь три́дцать четы́ре со́рок пять</u>

2. <u>семьсо́т девяно́сто два трина́дцать шестьдеся́т семь</u>

3. <u>четы́реста се́мьдесят оди́н два́дцать четы́ре во́семьдесят шесть</u>

今日成果驗收

一、請將聽到的單詞寫下來。

1. <u>лицо́</u> 臉

2. <u>во́семь</u> 8

3. <u>колбаса́</u> 香腸

4. <u>четы́рнадцать</u> 14

5. <u>велосипе́д</u> 腳踏車

6. <u>метро́</u> 地鐵

7. <u>три́дцать</u> 30

8. <u>вода́</u> 水

9. <u>рот</u> 嘴

10. <u>сто</u> 100

二、請看圖寫出俄語名稱。

1. Это <u>оди́н</u> <u>и́ли</u> <u>семь</u>? 這是 1 還是 7？

2. У меня́ боля́т <u>у́ши</u>. 我耳朵痛。

3. Скажи́те, пожа́луйста, там <u>пи́во</u>? 請問，在那邊的是啤酒嗎？

4. Где <u>биле́т</u> и <u>па́спорт</u>? 票和護照在哪裡？

5. <u>Гости́ница</u> то́же сле́ва. 旅館也在左邊。

三、請按照中文提示找出俄語名稱。

						4.			
г	н	г	л	ф	я	ш	к	л	я	к
о	г	т	д	й	г	ж	р	ы	б	а
а	о	а	ю	м	о	й	я	ч		
п	л	а	м	п	а	в	ц	д	с	
у	о	й	г	р	у	ш	а	к	о	м
н	в	п	й	ц	в	и	т	т	ч	щ
ф	а	з	ф	ы	с	н	ь	ъ	ь	г
и	ь	с	т	е	н	а	х	о	й	н
в	ч	ю	ы	р	ш	ж	ь	в	у	а
ц	я	с	у	ф	п	х	я	т	с	б

1. 2. 3. 5. 6. 7. 8.

第五天 | 用俄語寒暄問候
Пя́тый день

1. Приве́тствие 招呼

- Здра́вствуйте!
- До́брый день!

2. Встре́ча 見面

- Приве́т!
- Приве́т! Как твои дела́?
- Спаси́бо, хорошо́. А твои?
- Норма́льно.

3. Благода́рность 感謝

- Скажи́те, пожа́луйста, где Не́вский проспе́кт?
- Там, спра́ва.
- Спаси́бо.
- Пожа́луйста.

4. Извине́ние 道歉

В кинотеа́тре.
- Извини́те! Это ва́ше ме́сто?
- Ой! Нет. Прости́те.
- Ничего́.

5. Проща́ние 道別

- До свида́ния, Ива́н Петро́вич!
- До свида́ния! Всего́ до́брого!

今日成果驗收

一、請將聽到的句子寫下來。

1. До́брое у́тро! 早安！

2. Как ва́ши дела́? 您好嗎？

3. Большо́е спаси́бо. 非常感謝。

4. Прошу́ проще́ния. 請求諒解。

5. До за́втра! 明天見！

附錄
練習題解答

二、請聽問句，並選擇適合語意的答句。

1. (3) - Извини́те, пожа́луйста. 對不起。

    (1) - Пло́хо. 糟透了。

    (2) - Не́ за что. 不謝。

    (3) - Ничего́. 沒關係。

2. (1) - Благодарю́ Вас. 感謝您。

    (1) - Пожа́луйста. 不客氣。

    (2) - До за́втра. 明天見。

    (3) - До́брый ве́чер! 晚上好！

3. (3) - Пока́, Ди́ма! 掰掰，季馬！

    (1) - Спаси́бо. 謝謝。

    (2) - Приве́т! 嗨！

    (3) - Всего́ до́брого! 祝一切安好！

三、請聽對話，並填入空格中的單詞。

1.

- До́брый <u>ве́чер</u>, Серге́й! 晚上好，謝爾蓋！

- <u>Приве́т</u>, Са́ша! Как <u>твои́</u> дела́? 嗨，薩莎！妳好嗎？

- Хорошо́, спаси́бо. А <u>твои́</u>? 很好，謝謝。那你呢？

- <u>Норма́льно</u>. 普通。

2.

- <u>Извини́те</u>, пожа́луйста! Где молоко́? 不好意思，牛奶在哪裡？

- Молоко́ там. 牛奶在那裡。

- Большо́е <u>спаси́бо</u>. 非常感謝。

- <u>Пожа́луйста</u>. 不客氣。

第六天 | 用俄語介紹自己與他人
Шестóй день

1. Меня́ зову́т Никола́й. 我叫尼古拉。

Алекса́ндр : Скажи́те, пожа́луйста, как Вас зову́т?

Ива́н ： Меня́ зову́т Ива́н. А Вас?

Алекса́ндр : Меня́ зову́т Алекса́ндр. Вы не зна́ете, как их зову́т?

Ива́н ： Его́ зову́т Антóн, а её зову́т Анна.

亞歷山大：請問您叫什麼名字？

伊凡：我叫伊凡。那您呢？

亞歷山大：我叫亞歷山大。您知道他們叫什麼名字嗎？

伊凡：他叫安東，而她叫安娜。

附錄
練習題解答

2. Никола́й ру́сский. 尼古拉是俄羅斯人。

1. Как тебя́ / ты зову́т? 你叫什麼名字？

2. Его́ / Он япóнец. 他是日本人。

3. - Как её / онá зову́т? 她叫什麼名字？

   - Нáдя. 娜佳。

   - Её / Онá ру́сская? 她是俄羅斯人嗎？

   - Да, конéчно. 當然是。

4. Скажи́те, пожáлуйста, Вас / Вы америкáнец?
   請問您是美國人嗎？

5. Это нéмец и францу́з. Их / Они́ зову́т Пáвел и Жан.
   這是德國人和法國人。他們叫帕維爾和讓。

3. Никола́й студе́нт. 尼古拉是大學生。

1. зда́ние　зда́ния 建築物
2. брат　бра́тья 哥、弟
3. студе́нт　студе́нты 大學生
4. окно́　о́кна 窗戶
5. кни́га　кни́ги 書

4. Это мой оте́ц и моя́ ма́ть. 這是我的父親和我的母親。

1. Чей э́то па́спорт? 這是誰的護照？
2. Это его́ тетра́дь. 這是他的本子。
3. Это не мой газе́ты. Это твой газе́ты. 這不是我的報紙。這是你的報紙。
4. Где Ва́ша маши́на? 您的車子在哪裡？
5. Там наш университе́т. 那裡是我們的大學。

5. Это большо́й и но́вый дом. 這是大又新的房子。

1. Это большо́й го́род, а э́то ма́ленький го́род.
   這是大城市，而這是小城市。
2. Тут плохо́е окно́, а там хоро́шее окно́.
   這裡是壞的窗戶，而那裡是好的窗戶。
3. Это тяжёлые су́мки, а э́то лёгкие су́мки.
   這是重的包包，而這是輕的包包。

4. Там широ́кая у́лица, а тут у́зкая у́лица.
   那裡是寬敞的街道，而這裡是狹窄的街道。

5. Это дли́нная ю́бка, а э́то коро́ткая ю́бка.
   這是長裙，而這是短裙。

今日成果驗收

一、請將聽到的句子寫下來。

1. Его́ зову́т Михаи́л. 他叫米哈伊爾。

2. Она́ испа́нка. 她是西班牙人。

3. Они́ журнали́сты. 他們是新聞工作者。

4. На́ша библиоте́ка там. 我們的圖書館在那裡。

5. Это мой но́вый стака́н. 這是我的新杯子。

二、請聽問句，並選擇適合語意的答句。

1. (2) - Скажи́те, пожа́луйста, Юрий Ива́нович врач?
   請問，尤里‧伊凡諾維奇是醫生嗎？

   (1) - Холодно. 好冷。

   (2) - Да, он врач. 是的，他是醫生。

   (3) - Поликли́ника там. 醫院在那裡。

2. (3) - Како́й Ваш родно́й го́род? 您的家鄉在哪裡？

   (1) - Там моя́ ко́мната. 那邊是我的房間。

   (2) - Это мои́ роди́тели. 這是我的父母。

   (3) - Мой родно́й го́род Пари́ж. 我的家鄉是巴黎。

3. (　3　) - Кака́я э́то кни́га, интере́сная и́ли ску́чная?
　　　　　　這是怎麼樣的書，有趣的還是無聊的？

　　(1) - Э́то не его́ тетра́дь. 這不是他的本子。

　　(2) - Кни́га до́ма. 書在家裡。

　　(3) - Э́то о́чень интере́сная кни́га. 這是很有趣的書。

三、請聽第 136 頁「今日對話」，並按照對話內容回答下列問題。

1. Кто Ви́ктор и Татья́на?
　維克多與塔季婭娜是做什麼的？

　Ви́ктор инжене́р, и Татья́на врач.
　維克多是工程師，塔季婭娜是醫生。

2. Татья́на америка́нка?
　塔季婭娜是美國人嗎？

　Да, она́ америка́нка.
　是的，她是美國人。

3. Москва́ – большо́й и́ли ма́ленький го́род?
　莫斯科是大的還是小的城市？

　Москва́ – большо́й го́род.
　莫斯科是大城市。

1. Что Вы де́лаете? 您在做什麼？

1. Ба́бушка и де́душка <u>отдыха́ют</u>. 奶奶和爺爺在休息。

2. На́ша семья́ <u>обе́дает</u>. 我們的家人在吃午餐。

3. Са́ша и я <u>слу́шаем</u>. 薩沙和我在聽。

4. Что ты <u>пи́шешь</u>? 你在寫什麼？

5. Сейча́с я <u>гуля́ю</u>. 現在我在散步。

2. Вы зна́ете ру́сский язы́к? 您會俄語嗎？

1. Ира <u>у́чит</u> францу́зский язы́к. 伊拉學法語。

2. Я не <u>говорю́</u> по-коре́йски. 我不會說韓語。

3. Роди́тели <u>смо́трят</u> телеви́зор. 父母在看電視。

4. Вы <u>ку́рите</u>? 您抽菸嗎？

5. Мы <u>смо́трим</u> фильм. 我們在看影片。

3. Ира игра́ет в те́ннис? 伊拉打網球嗎？

1. Брат хорошо́ игра́ет в волейбо́л, а сестра́ <u>пло́хо</u> игра́ет.
   哥哥排球打得很好，而姊姊打得很差。

2. Са́ша бы́стро говори́т по-ру́сски, а Же́ня <u>ме́дленно</u> говори́т.
   薩沙俄語說得快，而任尼亞說得慢。

3. Ната́ша мно́го слу́шает по-япо́нски, а Юра <u>ма́ло</u> слу́шает.
   娜塔莎很常聽日文，而尤拉很少聽。

4. Он <u>непра́вильно</u> отвеча́ет, а она́ пра́вильно отвеча́ет.
他回答不正確，而她回答正確。

5. Студе́нты <u>гро́мко</u> чита́ют по-англи́йски, а студе́нтки ти́хо чита́ют.
男學生們大聲地讀英語，而女學生們小聲地讀。

4. Вы лю́бите игра́ть на скри́пке?
您喜愛拉小提琴嗎？

1. Что ты <u>лю́бишь</u> де́лать? 你喜愛做什麼？

2. Мы <u>лю́бим</u> гуля́ть. 我們喜愛散步。

3. Ива́н не <u>лю́бит</u> слу́шать ра́дио. 伊凡不喜愛聽廣播。

4. Вы <u>лю́бите</u> игра́ть на пиани́но? 您喜愛彈鋼琴嗎？

5. Анто́н и Са́ша <u>лю́бят</u> игра́ть в баскетбо́л. 安東和薩沙喜愛打籃球。

5. Что Ди́ма де́лает у́тром? 早上時季馬做什麼？

1. Па́па <u>всегда́</u> отдыха́ет в суббо́ту. 爸爸總是在星期六休息。

2. Са́ша <u>иногда́</u> обе́дает до́ма. 薩沙有時候在家裡吃午餐。

3. <u>Во вто́рник</u> мы у́чим ру́сский язы́к. 星期二時我們學俄語。

4. Они́ лю́бят гуля́ть <u>днём</u>. 他們喜愛白天時散步。

5. <u>Как ча́сто</u> ты гото́вишь у́жин? 你多常準備晚餐？

今日成果驗收

一、請將聽到的句子寫下來。

1. <u>Что он де́лает?</u> 他在做什麼？

2. <u>Ты пи́шешь по-япо́нски?</u> 你會用日語書寫嗎？

3. <u>Ма́льчик хорошо́ игра́ет в ша́хматы.</u> 男孩西洋棋下得很好。

4. <u>Мы о́чень лю́бим игра́ть на бараба́не.</u> 我們很愛打鼓。

5. <u>Я ча́сто слу́шаю по-ру́сски.</u> 我常常聽俄語。

二、請看圖，並寫下描述此圖的句子。

1. <u>Она́ у́жинает.</u> 她在吃晚餐。

2. <u>Он чита́ет.</u> 他在閱讀。

3. <u>Он игра́ет в те́ннис.</u> 他在打網球。

4. <u>Она́ смо́трит телеви́зор.</u> 她在看電視。

三、請聽第 164 頁「今日對話」，並按照對話內容回答下列問題。

1. Что де́лает Ли́нда? 琳達在做什麼？
   <u>Она́ чита́ет по-ру́сски.</u> 她用俄語閱讀。

2. Как Ли́нда говори́т и чита́ет по-ру́сски?
   琳達俄語說得如何、讀得如何？
   <u>Она́ говори́т и чита́ет по-ру́сски хорошо́.</u>
   妳俄語說得好，也能用俄語閱讀！

3. Что лю́бит де́лать Ли́нда в воскресе́нье?
   琳達星期日時喜愛做什麼？
   <u>В воскресе́нье она́ иногда́ игра́ет в те́ннис, иногда́ игра́ет на гита́ре.</u>
   星期日她有時候打網球，有時候彈吉他。

國家圖書館出版品預行編目資料

信不信由你 一週開口說俄語 / 吳佳靜 著
-- 初版 -- 臺北市：瑞蘭國際，2019.02
208 面；17×23 公分 --（繽紛外語；83）
ISBN：978-957-8431-91-1（平裝附光碟）
1. 俄語 2. 讀本
806.18　　　　　　　　　　　　108001574

繽紛外語系列 83

信不信由你
一週開口說俄語

作者｜吳佳靜
責任編輯｜林珊玉、王愿琦
校對｜吳佳靜、林珊玉、王愿琦

俄語錄音｜宋文杰（Nataliia Sorokovskaya）、葉甫（Evgenii Iastrubinskii）
錄音室｜采漾錄音製作有限公司
封面、版型設計｜方皓承
內文排版｜余佳憓

董事長｜張暖彗・社長兼總編輯｜王愿琦
編輯部／ 副總編輯｜葉仲芸・副主編｜潘治婷
　　　　 文字編輯｜林珊玉、鄧元婷・特約文字編輯｜楊嘉怡
設計部／ 主任｜余佳憓・美術編輯｜陳如琪
業務部／ 副理｜楊米琪・組長｜林湲洵・專員｜張毓庭

法律顧問｜海灣國際法律事務所　呂錦峯律師

出版社｜瑞蘭國際有限公司
地址｜台北市大安區安和路一段 104 號 7 樓之一・電話｜(02)2700-4625・傳真｜(02)2700-4622
訂購專線｜(02)2700-4625・劃撥帳號｜19914152 瑞蘭國際有限公司
瑞蘭國際網路書城｜www.genki-japan.com.tw

總經銷｜聯合發行股份有限公司
電話｜(02)2917-8022、2917-8042・傳真｜(02)2915-6275、2915-7212
印刷｜科億印刷股份有限公司
出版日期｜2019 年 02 月初版 1 刷・定價｜380 元・ISBN｜978-957-8431-91-1

 本書採用環保大豆油墨印製